世界十大古典喜剧故事

金金　编著

古吴轩出版社

图书在版编目（CIP）数据

世界十大古典喜剧故事 / 金金编著. -- 苏州 : 古吴轩出版社, 2021.2
ISBN 978-7-5546-1655-0

Ⅰ. ①世… Ⅱ. ①金… Ⅲ. ①故事—作品集—世界 Ⅳ. ①I14

中国版本图书馆 CIP 数据核字（2020）第 240965 号

责任编辑：俞　都
见习编辑：张　君
策　　划：崔付建　秦国娟
装帧设计：鸿儒文轩

书　　名：世界十大古典喜剧故事
编　　著：金　金
出版发行：古吴轩出版社
地址：苏州市八达街 118 号苏州新闻大厦 30F　邮编：215123
电话：0512-65233679　传真：0512-65220750
出 版 人：尹剑峰
印　　刷：阳谷毕升印务有限公司
开　　本：880 × 1230　1/32
印　　张：8
字　　数：174 千字
版　　次：2021 年 2 月第 1 版　第 1 次印刷
书　　号：ISBN 978-7-5546-1655-0
定　　价：46.00 元

前　言

所谓经典，是历经岁月沉淀、时间淬炼的结果，是传承千年不灭的精华所在。在世界几千年的戏剧史中，优秀的戏剧作品像夺目的瑰宝一样绚烂，像人类文化和精神世界的宝藏一般珍贵。它们如同甘露一样滋养着一代又一代人，陶冶着那些渴望真爱的心灵。这些经典的作品历经风吹雨打，依旧岿然屹立，影响着数不清的人。

文学赋予人类最典型的精神意义和价值，就是独具审美魅力又充满人文情怀的生命体验。古典文学的精华，几千年来丰富着人们的心灵世界，支撑着人们的思想灵魂。古典文学正是世界文化的精彩亮点，它们犹如璀璨的明珠，闪耀在历史的星空，等待着人们去采摘、去收集。

阅读是对世界和人生的一种间接体验，好书是人一辈子的良师益友，好的文章能陶冶人的心灵，提升阅读品位，指引人走向成功。

正因为如此，选择这些经典著作，给读者朋友们创造一个与好作品零距离接触的机会时，在每一篇作品的改写过程中，我都试图踏入时间隧道，回到历史中，与那些曾经激励过我们、感动过我们的剧中人对话。而这无疑是一次完美的心灵之旅。很多时候我感觉自己好像已经穿越了时光隧道，深入到作者生活的年代和环境，重新感受故事的背景和脉络。我既像一个台下翘首企盼的观众，又像剧中的角色，真实地体验着剧中人物的喜怒哀乐。

这本书包括的内容，是那些人人耳熟能详的名篇:《鸟》《一仆二主》《威尼斯商人》《费加罗的婚礼》《伪君子》《钦差大臣》《造谣学校》《温德米尔夫人的扇子》《贫穷与傲慢》《破瓮记》。它们的作者是莎士比亚、王尔德、阿里斯托芬、果戈理、博马舍等名家。阅读它们，一定能让你重温经典，享受美感。

这些作品蕴含着优美的语言、闪光的思想和独特的意境，能够传达更加深邃的人生哲理。它们衣被后人，彪炳千秋。作为有生命力的文学作品，它们的思想内涵是极其丰富深厚的。

阅读经典，能给人以美的享受，能让人真切地感受社会生活，丰富精神世界，开阔眼界，更好地规划人生。从这些千古流传的古典故事中，你一定会读出做人的滋味、做人的情趣、做人的智慧、做人的意义。

目录

《鸟》是流传至今唯一的以神话幻想为题材的喜剧作品。林间飞鸟建立的理想社会“云中鹁鸪国”，是欧洲文学史上最早描写理想社会的作品，它反映出当时人们对现实的强烈不满和对自由平等的无限向往。这部喜剧想象力丰富，构思巧妙，情节跌宕起伏，语言朴实、自然、诙谐、幽默、生动，抒情气氛非常浓厚，是阿里斯托芬的得意之作。

《一仆二主》是哥尔多尼的代表作，它标志着即兴喜剧向现实主义喜剧的转变。《一仆二主》继承了即兴喜剧的某些特点：保留了一些传统的假面人物，但又赋予了新的性格特征；台词最初是半即兴式的，后来才完全固定下来。主人公特鲁法儿金诺是来自社会下层的仆人，作者通过着意刻画他憨厚、纯朴的性格，热情赞美下层人民的聪明机智和开朗乐观的生活态度。人物性格鲜明，情节生动，语言诙谐，洋溢着浓郁的威尼斯生活气息，是一部杰出的世俗喜剧。

《威尼斯商人》是莎士比亚早期的重要作品，是一部具有极大讽刺性的喜剧，大约创作于1596年。剧本的主题是歌颂仁爱、友谊和爱情，同时也反映了资本主义早期商业资产阶级与高利贷者之间的矛盾，表现了作者对资产阶级社会中金钱、法律和宗教等问题的人文主义思想。这部剧作的一个重要文学成就，就是塑造了夏洛克这一唯利是图、冷酷无情的人物形象。

《费加罗的婚礼》是博马舍创作的“费加罗三部曲”中的第二部。这三部分别是《塞维勒的理发师》《费加罗的婚礼》和《有罪的母亲》。《费加罗的婚礼》又名《狂欢的一日》，把伯爵放在人民的对立面，暴露了贵族的腐朽堕落，同时也反映出强烈的反封建色彩，富有时代气息，风格明快幽默，情节曲折生动，以嬉笑怒骂的语言，突出强烈的喜剧效果，是作者最出色的代表作。

《伪君子》写的是伪装成圣洁的教会骗子答尔丢夫混进商人奥尔恭家，图谋勾引其妻子并夺取其家财，最后真相败露，锒铛入狱的故事。剧作深刻揭露了教会的虚伪和丑恶，答尔丢夫也成为“伪君子”的代名词。本剧作在许多方面突破了古典主义的陈规旧套，结构严谨，人物性格鲜明，矛盾冲突鲜明突出，语言机智生动，手法夸张滑稽，风格泼辣尖利，对世界喜剧艺术的发展有深远的影响。

《钦差大臣》写了莫斯科小官吏赫列斯塔科夫路过某县，被县城的官吏们误认为是钦差大臣，他将错就错，诈骗县城的官吏和商人们的故事。剧作通过对赫列斯塔科夫和县城官僚们的喜剧性的嘲弄，描绘出一幅沙皇统治下官场生活的群丑图，代表了俄国批判现实主义喜剧的最高成就。该剧思想内涵深刻，形象刻画生动，语言幽默机智，对世界讽刺喜剧的发展有一定的影响。

《造谣学校》是谢里丹的代表作。在这部剧作里，他大胆地揭露了英国上流社会以捏造事实为乐趣的低俗趣味，批判了他们道德沦丧和生活的奢侈糜烂。他含蓄地指出，只有远离城市才能改变这种现状。由于他有杰出的口才，所以其剧作显得语言活泼，对话俏皮幽默，场面妙趣横生。特别是梯泽尔夫人躲在屏风后面那场戏，将人物的思想、性格特征和戏剧的情节非常好地结合在了一起。此剧作被视为仅次于莎士比亚作品的巨作。

《温德米尔夫人的扇子》写于1892年，是王尔德的第一个喜剧作品。该剧所讨论的核心问题是淑女与荡妇的区别。王尔德本人的看法是这两者很难区分，只有一念之差：受人尊敬的淑女可能本身就是潜在的荡妇，而被众人指责的荡妇却未必真的那么坏。在表现形式上，一个秘密跟着一个秘密，一个危机跟着一个危机，整个剧作丝丝入扣，高潮迭起，句句精妙，字字珠玑，从而表现了王尔德卓越而精湛的写作技巧。

《贫穷与傲慢》是霍尔堡的代表作，他一方面着力刻画了仆人的机智，表现了纯朴农民深受贵族阶级的压迫，对他们表示深切的同情；另一方面则着力刻画了贵族们的愚蠢，对自大自负、浮华无知的寄生阶级进行了尖锐地批评。剧作语言质朴通俗、妙趣横生，人物个性鲜明、形象真切，情节曲折巧妙、笑料百出。

《破瓮记》是德国戏剧史上少有的一部现实主义喜剧，与莱辛的《明娜·封·巴尔赫姆》和豪普特曼的《獭皮》并称为德国三大喜剧。它以十八世纪尼德兰农村为背景，描写了乡村法官亚当贪婪好色，由执法者转为被告的故事，反映了当时司法制度的黑暗。剧作语言诙谐，情节有趣，充分展现了作者的幽默才华。

一　鸟

·作品评价·

《鸟》是流传至今唯一的以神话幻想为题材的喜剧作品。林间飞鸟建立的理想社会“云中鹁鸪国”，是欧洲文学史上最早描写理想社会的作品，它反映出当时人们对现实的强烈不满和对自由平等的无限向往。这部喜剧想象力丰富，构思巧妙，情节跌宕起伏，语言朴实、自然、诙谐、幽默、生动，抒情气氛非常浓厚，是阿里斯托芬的得意之作。

阿里斯托芬（约前448年—前380年）

古希腊早期喜剧代表作家，生于阿提卡的库达特奈昂，有“喜剧之父”之称。他一生大部分时间在雅典度过，同哲学家苏格拉底、柏拉图有交往。公元前427年，他的剧本第一次上演。相传他一生写过44部喜剧，得过7次奖，流传下来的作品有《阿卡奈人》《骑士》《和平》《鸟》《蛙》等11部。阿里斯托芬的喜剧尖锐、深刻，属政治讽刺剧，触及了很多重大的社会政治问题。在阿里斯托芬之前的喜剧作家有很多，但他的这11个剧本，却是现存于世最早的希腊喜剧作品。阿里斯托芬及在他之前的喜剧被称为旧喜剧，后起的则被称为中喜剧和新喜剧。公元前5世纪，雅典产生三大喜剧诗人：第一个是克拉提诺斯，第二个是欧波利斯，第三个就是阿里斯托芬。但是，只有阿里斯托芬传下一些完整的作品。

故事发生在距离现在非常久远的年代。那是个硝烟四起、岁无宁日的时代，国与国之间经常为了一点小事兵戎相见、短兵相接，人与人之间则充满了猜疑和怨恨，连亲人之间也经常互相猜忌，甚至不惜将对方告上法庭。

生活在这种境况下的雅典青年珀斯忒泰洛斯和欧厄尔庇得斯终于忍无可忍，他们决定逃离这个一团糟的世界。于是，二人逢人就打听有没有理想的国度，可以让他们过上和现在完全不同的逍遥自在的幸福生活。

后来在无意中，他们听说了一个传说：有一个叫忒柔斯的人因为和妻妹通奸，他和妻子、妻妹三人间产生了一段剪不断理还乱的恩怨情仇。这件事被天神知道了，天神盛怒之下将忒柔斯变成了一只戴胜鸟，把他妻子变成了一只夜莺，将其妻妹变成了一只燕子，然后将它们一起放逐于天际。

在珀斯忒泰洛斯和欧厄尔庇得斯看来，忒柔斯现在变成戴胜，能够整天自由自在地飞翔，一定见多识广，知道幸福的国度在哪儿，于是他们决定去拜访忒柔斯。

他们来到鸟市，向卖鸟的人打听戴胜的模样和经常出没的地点。卖鸟的人向他们推荐了一只喜鹊和一只乌鸦，并且拍着胸脯、信誓旦旦地跟他们保证，说这两只鸟肯定知道戴胜在哪儿。两人听后，果断地掏钱买下了这两只鸟，让它们做向导。

第二天清晨，他们一人手中托着喜鹊，一人肩上站着乌鸦，背着食物和锅，踏上了寻找戴胜的征程。一路上鸟儿不停地鸣叫，催促他们马不停蹄地向前走。他们就这样走啊走啊，跋山涉水、翻山越岭，任何艰难险阻都没有动摇他们的决心。凭着对理想的狂热追求，凭着对美好生活的向往，凭着坚韧的毅力，他们一口气走了一千多里地，一直走到了大山深处。

突然，一座壁立千仞、巍峨险峻的悬崖挡住了他们前进的脚步。眼前已经没有任何路可以走了，可两只鸟仍然对着悬崖不停地叫着，急切地催促他们向着悬崖的方向进发。他们俩抬头往上看，只看到上面云雾缭绕，其他的什么都没有，更别提什么戴胜了。

无奈之下，欧厄尔庇得斯决定按照传闻的说法试一试运气。于是他一边踢着石头，一边大声喊：“戴胜！戴胜！”谁知，刚叫了没两声，就听“嗖”的一声，一个黑影从天而降，径直落到了他们面前。他们俩被吓了一跳，乌鸦和喜鹊也被惊得飞走了。

“谁？谁在喊我家老爷？”

他们定睛一看，黑影原来是一只睢鸠，身子虽然小，却长了一张硕大的嘴，看上去非常滑稽。它一见珀斯忒泰洛斯和欧厄尔庇得斯手中拿着鸟的羽毛，吓得立刻钻到草丛里，惊恐地叫道：“啊，你们是捉鸟人！”

欧厄尔庇得斯听后连忙安慰它说：“别怕，我们不是人，我是非洲来的鸟。”珀斯忒泰洛斯说：“我是一只异国野鸡。”

“是吗？”睢鸠探出头打量了他们一会儿，确定他们没有恶意后才慢慢飞了出来，整理了一下自己的仪表，非常矜持地自我介绍：“我是老爷原来的管家，在他变成戴胜的时候，我也变成了鸟，这样就可以永远伺候、陪伴他了。”

“那现在你家老爷呢？”两个年轻人听它这么一说，喜出望外，恨不得立刻见到戴胜。

“它吃饱了长春花和虫子，刚刚睡着。”

“麻烦你叫它起来吧。”欧厄尔庇得斯兴奋地说。

“哦，那怎么行？它会发火的，它脾气可不怎么好。”睢鸠拼命摇头，很不高兴地说。

他们俩央求了雎鸠好一会儿，雎鸠才非常不情愿地答应了。趁着雎鸠飞走后的这段间隙，他们俩开始在附近寻找被雎鸠吓飞的乌鸦和喜鹊。没过一会儿，突然又飞来一只奇怪的大鸟。它的嘴长长的、尖尖的，头上顶着三簇色彩鲜艳的羽毛，身上却一根毛都没有，光秃秃的。

珀斯忒泰洛斯和欧厄尔庇得斯见此，忍不住惊叹："天啊，这又是个什么飞禽，看它那翅膀，还有头上的毛！"

大鸟落在树枝上，环顾四周，问道："是谁找我？"

原来它就是传说中的戴胜。两人听后快步走上前，吃惊地大张着嘴，打量片刻，问道："天神怎么把你变成了这个样子？"

"哦，这有什么好奇怪的。冬天任何鸟都会脱去旧毛，以后再长出新毛。现在告诉我，你们是谁？为什么要找我？"

"我们是人啊。"

"来自哪个国家？"

"来自一个水平超一流的海军国家。"

"哦，原来你们是雅典的陪审公民啊。"戴胜听后微微一笑，很有些不以为然。

"不是，恰恰相反，我们是反对履行陪审义务的公民。"

"那，亲爱的公民，你们为什么要到这里来找我呢？"

欧厄尔庇得斯向戴胜微微一鞠躬，说："亲爱的戴胜先生，我们是特地向你请教问题来的。"

"是什么问题值得你们远道而来找我呢？"

"你现在虽然是鸟，但你以前是人，所以人的烦恼你能够了解，鸟的情况你也能够明白。而且你能自由自在地飞翔，遨游世界，所以没有人比你更见多识广、更阅历丰富了。我们远道前来，就是想问你有没有这样一个国家，那里的人能够过幸福平安的生活，没有讨债的烦扰，也没有服兵役的勉强，更没有要去法庭当陪审员的无奈。告诉我们，这样的国家有吗？在哪里才能找到呢？”

“你们的意思是要找一个比雅典更伟大的国家？”

“哦，不是这样的，不是更伟大，而是生活更舒适的。”欧厄尔庇得斯听戴胜这么一说，赶紧强调。

戴胜歪着脑袋想了好一会儿，说：“红海边好像有一个你们要找的国家。”

“呃，我们可不想去海边，因为在那儿不知道什么时候就会被有法院传票的雅典船带着重新回到雅典。”

戴胜又给了他们几个建议，但都被他们以各种各样的理由否决了。戴胜一筹莫展地搔着头，陷入了沉思中。

珀斯忒泰洛斯也一筹莫展地站着，忽然他一拍脑袋，兴奋地说：“我有一个伟大的计划！既然现在我们想不出什么满意的地方可以去，不如我们自己来建一个吧。我们现在这样整天游手好闲地到处走，也不是办法，而且建一个自己的国家对你们鸟类也大有好处啊。所以，这绝对是个一举两得的好建议。”

“国家？鸟儿怎么能建立国家呢？而且去哪儿建立国家呢？”戴胜听后提出了一系列疑问。

“你可以把上上下下、左左右右都看一遍。”

戴胜奇怪地看了看四周。

“看到什么了吗？”

“什么都没有啊，只有云雾在缭绕。”

“就是啊，天地之间缭绕的云雾就是你们最好的地盘啊。你们只要占据这天地之间的领域，修建一座城堡，建立一个属于自己的国家，就能把守住人类与天神之间的通道。当人类给天神贡奉祭品时，如果不让你们一起分享，你们就可以封住这条路，不让肉香通过大气传到天神那儿去。”

“妙啊，简直太美妙了！我从来没有听说过比这更美妙的建议。只要你们肯帮忙，别的鸟儿也同意，我更愿意建立一个这样的国家。”戴胜听后，拍着翅膀不断欢呼着。

“那就赶紧去召集别的鸟儿吧！”

“好，那就由我来召集。你来说吧，不用担心它们听不懂，在我的努力训练下，它们已经学会说人话了。”

于是，戴胜去召集鸟儿们了。它先去找自己的妻子夜莺，发现它还在睡觉，就在它耳边温柔地轻唱：

不要再睡好妻子，
唱你美妙的歌曲，
哀悼我们伊堤斯，
黄颌百啭声无已。
遥遥直达天帝宫，
使得金发太阳神，
邀神起舞击象筝，
引起众神齐唱和。
唱和你的动听歌。

美妙的歌声在整个树林里回荡，连空气都变得甜美起来了。珀斯忒泰洛斯和欧厄尔庇得斯更是听得如痴如醉，恍如进入了人间仙境。

夜莺在歌声的呼唤下清醒了过来，它伸了个懒腰。戴胜将建立国家的事情跟它说了一遍，它点头表示同意。于是两只鸟一起飞到最高的山峰上引吭高歌，歌声悠扬婉转、直入云霄："啾啾啾，唧唧唧，我的鸟伙伴们都来吧；轻轻叫的，甜蜜唱的，飞来飞去的，蹦蹦跳跳的，大家都来吧。啾啾啾，唧唧唧，在田里吃麦子的，在果园吃杨梅的，在沼泽吃蚊子的，听到我的召唤都来吧！我们这儿有一位非常能干的先生，他有很好的主意要和大家讨论，大家都来参加讨论吧！唧唧唧，啾啾啾。"

珀斯忒泰洛斯和欧厄尔庇得斯一边听着歌声，一边抬头仰望天空。不一会儿的工夫，天空变成黑压压的一片，鸟儿们从四面八方陆续赶到了这里。戴胜飞过来，为它们做介绍。

最早飞来的是从附近沼泽地赶来的一只锦鸡。它羽毛光鲜夺目，美丽非凡，周身上下像是披着五彩祥云。然后是一只长相奇特、充满异国情调的波斯鸟，它风尘仆仆，显然是远道而来。接着是一只头上也顶着三簇毛的小家伙，跟戴胜非常相像。珀斯忒泰洛斯吃惊地说："怎么又来了一只戴胜？"戴胜笑着说："这是我的小孙子嘛。"接着，掉了毛的卡利阿斯鸟、戴着头盔的饭桶鸟也来了。

不久，天空又变得一片黑暗，他们定睛一看，才知道原来是又有鸟儿们飞来了。有鹧鸪、竹鸡、翡翠鸟、鹈鹕、斑鸠、云雀、鹞鹰、啄木鸟、猫头鹰……世界上所有的鸟儿乎都飞来了，它们形态各异、品种齐全。珀斯忒泰洛斯和欧厄尔庇得斯这下算是大开眼界、大长见识了。

鸟儿的首领八哥飞到戴胜面前，问道：“你叫我们前来，是不是有好消息要告诉我们？”

戴胜指着珀斯忒泰洛斯和欧厄尔庇得斯向八哥介绍：“确实是有非常好的消息！他们俩是非常能干的人！”

“什么？两个人？难道你忘了人类是我们鸟儿们的宿敌吗？你难道没有察觉到你已经闯下了滔天大祸了吗？”八哥脸色一沉，厉声斥责道。

戴胜本来想辩解，但一开口就被鸟儿们七嘴八舌的斥责声给淹没了。“哎呀，我们被戴胜出卖了！戴胜虽然曾经跟我们同吃同住，成了值得我们信任的朋友，可它现在竟然触犯古老的教规，破坏鸟类的誓言，背叛我们，把我们出卖给可恶的人类。它已经忘了，人类和我们有不共戴天之仇。”

八哥用一个手势制止了鸟儿们的喧哗，威严地说：“关于戴胜，我们可以回头再跟它算账，现在最要紧的是将这两个人类处理了。现在我宣布：判处这两个人死刑，立刻将他们碎尸万段。”

珀斯忒泰洛斯扯了扯欧厄尔庇得斯的袖子，十分胆怯地说：“这下我们可完蛋了！”

欧厄尔庇得斯听他这么一说，愤怒地埋怨道：“都怪你，非把我带到这个鬼地方来。”

就在这对朋友偷偷地互相埋怨的时候，鸟儿们一起喊道：“伙伴们，冲啊，包围他们，别让他们跑了！”喊完，它们扑扇着翅膀向珀斯忒泰洛斯和欧厄尔庇得斯两人扑来。两人吓得赶紧将锅顶在头上，撒腿就逃。

这个时候，戴胜也没闲着，它正在竭力劝阻八哥首领。

“你们干吗一定要杀死他们呢？”

“对待他们就要像秋风扫落叶一样，绝对不能有半点心慈手软！”

“他们虽然是人类，是我们的宿敌，可他们愿意帮助我们，愿意跟我们和睦相处啊！”

“他们自古以来就是我们的敌人，怎么会帮助我们呢？”

“所谓知己知彼，才能百战百胜。聪明人应该学会从敌人那里学本领。你看现在各个国家都建造了高大的城墙、巨大的战船，这些都是从和敌人的战斗中学来的。所以说，敌人是能帮助我们学习和进步的。再说，他们俩也确实是主动要来帮助我们的。”戴胜依然循循善诱地劝说着。

八哥首领沉吟了一阵，觉得戴胜说得很有道理，于是就下令暂时停止攻击，让众鸟列队站好，等候它发号施令。

八哥问戴胜：“那他们是干什么的？从哪儿来的？你现在把情况仔细地跟大家伙介绍一下吧。”

“他们是希腊人。他们非常热爱鸟类，也知道鸟类的生活方式，现在想和我们生活在一起，做永远的朋友。”

“哦？真的是这样吗？他们是这样说的吗？”八哥听了戴胜的话觉得很不可思议，“他们来这儿肯定是有目的的。你就说实话吧，他们是不是想让我们帮他们打倒哪一个？或者帮助哪一个呢？”

“事情完全不是你想的那样。他们没有半点不良企图，完全就是为了帮助我们，他们建议我们建立一个更美好的国家。”

戴胜的话音刚落，鸟群就沸腾了起来。在它们看来，这简直就是天方夜谭，要建立一个鸟的国家，这难道不是异想天开吗？

戴胜转身冲着珀斯忒泰洛斯和欧厄尔庇得斯逃跑的方向大声喊：“快回来吧你们，好好跟它们解释一下吧！”

在八哥的一再保证下，他们俩才慢吞吞地取下锅，走到了众鸟面前。珀斯忒泰洛斯稳定了一下情绪，清了清嗓子，开始了声情并茂地演说：“鸟儿们，你们应该建立一个伟大美好的、属于自己的国家，因为你们曾经是王……”

“什么？我们曾经是王？”鸟儿们听到此处忍不住地插嘴问。

“是的，你们曾经是王，是万物之王、人类之王，因为你们比古代的神灵还要年长，比大地还要苍老。”

鸟儿们听到此，开始兴奋地讨论起来。

“为什么对此我们从来没有听说过呢？”虽然鸟儿们普遍表示怀疑，但八哥的态度较之刚才已经明显缓和多了。这话毕竟很长它们鸟儿的志气，听来非常受用。

“难道你们没看过《伊索寓言》吗？在那里面，云雀就是第一个从宇宙中生出来的东西，甚至比大地都早。老云雀死的时候，没有土地可以埋葬它，小云雀就把它葬到了自己的脑袋里。”

听到这里，鸟群中的云雀自豪地叫了几声，目的当然是为了引起大家的注意。

“还有，”珀斯忒泰洛斯接着说，“早在大流士和墨伽巴左斯两位大王之前，古代的波斯人是由公鸡统治的。也正因为如此，直到今天，公鸡仍然被人们称为波斯鸟，它的头上始终还保留着独一无二的王冠。尽管现在它们已经没有了昔日的尊贵和权威，但每天早晨只要它们一叫，不管是谁都要起床工作。”

一只波斯鸟听此，高傲地抖了抖头上的冠子，俨然一副贵族模样。

“在希腊，人们只要看到鹞鹰就要下拜，那是因为很久很久以前，鹞鹰是希腊的王。”珀斯忒泰洛斯话音刚落就听到一些鸟在为鹞鹰叫好。

“在古代埃及和腓尼基，王则是鹁鸪鸟，只要鹁鸪鸟一叫‘布谷’，人们就要立刻下地割麦……”

这时候的鸟儿们像是看到了远古时代自己的辉煌，都情不自禁地扇着翅膀为自己曾经的显赫大声喝彩。

珀斯忒泰洛斯见鸟儿们的热情已经被点燃了，变得更加激情澎湃，激动地说：“另外，鸟是王者的最有力的证据就是天神之王宙斯的头上立着一只鹰，这是王者的标志。他女儿随身带着一只猫头鹰，他的儿子阿波罗则与一只隼形影不离。”

鸟儿们一起欢呼起来，群情振奋的声音像波涛一样在大海上翻滚，经久不息。

这时，欧厄尔庇得斯上场了，他用悲凉的声音说道：“是啊，人类曾经那么尊重你们，可现在为什么一切和原来完全不一样了，这是为什么呢？”

“现在对你们来说，一切荣耀都已经成为过眼云烟，你们已经成了孩子们手中的玩物、猎人枪下的猎物、食客们的美餐。不仅毫无尊严可言，甚至连生命都已经受到了威胁……”欧厄尔庇得斯的声音逐渐变得低沉。

想到自己的悲惨境地，鸟儿们变得异常悲哀，现场气氛变得压抑。过了一会儿，一些鸟儿爆发了，它们高声喊道：“还给我们尊严！让我们自己主宰自己的生命！”

珀斯忒泰洛斯见时机已到，便振臂高呼：“鸟兄弟们，你们不能再继续这样的日子了！你们应该建立一个属于你们自己的国家，向天神要回属于你们自己的权利。修筑城墙，划定地界，禁止任何人随意通行。并且通知人类：鸟现在是王，以后每位天神身边都要伴随一只鸟儿，在向天神进贡的时候，要先进贡给与神相伴的鸟儿。”

“好啊，好啊！”鸟儿们听到此都欢欣雀跃。

八哥首领却很担心地说：“人们会把我们当神吗？我们是长着翅膀的鸟啊。”

“长翅膀怎么啦？赫耳墨斯、胜利女神、小爱神、绮霓女神不都长着翅膀吗？一直以来，自由飞翔都是人类梦寐以求的愿望，现在你们轻而易举就做到了这点，难道这些还不能证明你们比人类高明吗？人类如果还敢看不起你们，就让麻雀吃光他们田里的种子，让乌鸦把牲口的眼睛啄瞎，让他们从此没有粮食吃，没有牲口帮忙干活。相反，如果他们承认你们是神，就会得到非常多的好处：果树生害虫的时候，他们可以请你们帮忙去消灭；要出海的时候，可以向你们咨询天气。他们要想祭拜你们也非常方便，只要站在树木前撒点麦粉就可以了。一切看来就是这么顺利，所以，我们一定会成功！”

珀斯忒泰洛斯的一席话把八哥感动得热泪盈眶，它张开翅膀一把抱住了他：“谢谢你为我们加油打气，你们不是我们的敌人，而是我们的亲人！只要你们真心和我们结盟，我们发誓一定实现这个神圣的使命，建立一个属于我们自己的国家！”

“万岁！万岁！”一阵阵欢呼声像波涛一样，在天地间久久回荡……

经过珀斯忒泰洛斯和欧厄尔庇得斯的一番鼓动，鸟儿们强烈的自尊心和自豪感被激发了起来。它们齐声歌唱着美妙的歌曲，向天地万物讲述着鸟儿的悠久历史和重要作用：天地混沌时，还没有天与地的区分。在冥荒的怀中，黑翅膀的暗夜首先生出了风卵。经过一段时间的孕育，风卵孕育出了金翅膀的情爱。情爱在茫茫辽阔中和混沌交合了，把我们带进了光明。那时人类还不存在，正是情爱生出了万物，万物交汇才生出了天地、海洋、不死的天神和所有的一切。正是我们，是我们最终带来了人类的生命。

人类靠着鸿雁传书，才会有情人终成眷属；人们看到大雁南飞，知道应添加衣物；看到鹞鹰来了，就知道春天到了；看到燕子来了，就知道天气暖了。人们根据鸟儿判断季节，确定耕种或收获粮食的时间。人类处处离不开鸟儿，所以鸟儿才是人类的阿波罗神。

与此同时，珀斯忒泰洛斯、欧厄尔庇得斯和鸟儿的首领们也在抓紧时间商讨国事。为了让国家在未来变得更加美好，他们制定了比人类社会要宽容得多的法规。在鸟的国度里，人人平等，彼此友善。逃亡的奴隶如果曾经被刺过图案，那他可以到鸟国里来做梅花雀，大家不会认为那个图案是耻辱的标志，而认为是个美丽的花纹；外国人如果流亡到这儿并生下了孩子，就可以非常自然地取得国籍；如果儿子觉得父亲做得不对，那就不必绝对服从，完全可以大方地进行理论。很多在人类社会里是离经叛道的事儿，在这里会被视为非常自然的现象。

而对于珀斯忒泰洛斯和欧厄尔庇得斯两个人，鸟国也有相应的奖励措施。因为二人功劳卓著，经鸟民众们一致同意，决定授予他们“荣誉国民”的称号，并送给他们俩一人一对翅膀。两人插上翅膀后，努力扇动着，试了好几次才摇摇晃晃地飞起来。他们体验着梦寐以求的自由飞翔的乐趣，看着彼此新鲜陌生的鸟人形象，心里的兴奋简直难以言表。但有一点想法是共同的，那就是：让雅典见鬼去吧！

第二天清早，太阳刚刚升起，他们二人就随同鸟儿们飞到了云端上。看着霞光万丈的辉煌景象，他们俩灵光一闪，给即将诞生的伟大国家取了个非常气派的名字——“云中鹁鸪国”。然后又选定雅典娜女神为护城神，由波斯来的小公鸡守卫城墙。

“来吧，干活吧，兄弟们！”欧厄尔庇得斯带领一部分鸟儿为城墙打起了地基。珀斯忒泰洛斯则带领着另一部分鸟儿为新选的护城神举行盛大的祭祀仪式。

一边是唱着庄严圣歌的歌咏队，一边则是翩翩起舞的舞蹈队，祭司沐浴更衣，双手高举起装满瓜果的篮子，在歌舞声中对着太阳升起的地方进行祷告：灶神的鹞鹰、苏尼翁的海鹰、皮托的鹅、阿耳忒弥斯的燕雀、萨巴最俄斯那的梅花雀呀！所有的神鸟们啊，求你们保佑云中勃鸪国国泰民安、永世长存，保佑所有的臣民安居乐业、寿比南山！

祭完了神鸟，祭司又端起装满羔羊肉的盆子向天神祷告。歌咏队唱起了第二支敬神的歌。

这时，一个穿着长袍、留着长发的人突然闯了进来，大声唱道：“啊，幸运的云中鹁鸪国啊，文艺女神为它唱首歌啊！”

珀斯忒泰洛斯生气地拦住他：“什么人这么大胆，竟在圣地大声喧哗？”

穿长袍的人深深一鞠躬，说道：“敝人是个诗人，是文艺女神忠实的奴仆。”

“哦，诗人，那你跑到这儿来干什么？”

“我和贵国是有一段渊源的，在很久很久以前，我曾为你们写了不少优美的赞美诗。”

“很久很久以前？”珀斯忒泰洛斯皱着眉头，“可是我们国家才刚刚诞生啊！”

那人略略一怔，少顷又镇定自如地说：“那是因为我们的文艺女神英明过人、未卜先知啊！”他对着珀斯忒泰洛斯又深鞠了一躬，然后用酸溜溜的语言唱道：“啊，与圣火同名的、埃特那国的建立者呀，我的国父啊，你心里想赐给我什么就赐我吧。”

“哦，原来是个讨东西的人！”珀斯忒泰洛斯心中暗想，看样子不给他点东西他是不会走的，他要是一直赖在这里就会破坏鸟国的祭拜仪式，于是珀斯忒泰洛斯让祭司脱下了新外套，送给了诗人。

诗人穿上外套，兴奋地说：“女神很高兴接受这件礼物，但我冒昧地请求你们再听我念一首诗人品达罗斯的诗。在粟特人的居处啊，没有毛织的内衣啊，外套没有衬衫相配可不光荣。”念完，他冲珀斯忒泰洛斯眨眨眼，小声说：“您明白我的意思吗？”

说了半天，无非就是想要一件衬衫啊，珀斯忒泰洛斯叹一口气，命令祭司脱下衬衫送给诗人。祭司虽然极不情愿，但也无可奈何。

诗人如愿以偿地拿到了衬衫，满意地走了。风中继而传来了几句诗：“啊，有着黄金宝座的城市呀，严寒呀，战栗呀，我来到这丰收的雪盖着的原野呀。哈哈哈。”

“呸，”珀斯忒泰洛斯朝诗人身后啐了一口，“这个无赖消息还挺灵通，竟然这么快就摸到我们这儿来了！”

祭祀仪式继续进行。祭司端着盛着羔羊肉的盆子向前走，鸟儿们载歌载舞。

“别动那头羊！”不知从哪里突然冒出的声音又打断了祭祀仪式。珀斯忒泰洛斯回头一看，一个满脸胡须的人夹着本厚厚的书缓步走了过来。

“你又是谁？”珀斯忒泰洛斯毫不客气地质问道。

“我是预言家。”那人抬头挺胸，一副趾高气扬的样子。

“真他妈的。”珀斯忒泰洛斯暗骂了一句，又来了一个无赖。

“年轻人，我乃是巴咯斯门下的预言家，我远道前来，正是要为你们云中鹁鸪国占上一卦。”

“既然是预言家，你为什么不在我们建立国家以前就来呢？”珀斯忒泰洛斯故意拿话讽刺这个所谓的预言家。

来人听此，一点儿不为所动，继续摇头晃脑地说：“此乃天意如此。”

“那好吧，就让我们来听听你到底要说些什么。”

预言家打开带来的那本厚书，装模作样地翻到了某一页，然后清清嗓子，朗声念道：“如果狼与灰色乌鸦来定居于科任托斯城与西库翁城之间的中间地带……”

“科任托斯城与我们有什么关系？”珀斯忒泰洛斯听到此非常不解地问。

“就是指空中地带。”预言家解释道，接着他继续念：

“首先要向潘多拉神献上白毛公羊，当第一个人来解说此签的时候，要给他一件好大衣和一双全新的鞋子。”

“什么，大衣和鞋子？还是全新的？”珀斯忒泰洛斯失声叫了出来。

“有书为证！另外还要给他一杯酒和一大盆烤肉。”

“啊，还要烤肉?！”

“有书为证：神宠的年轻人呀，你若照着我的话去做，那你可以变成空中翱翔的鹰；不照着做的话，不光变不成鹰，恐怕连变成鸽子都难。”预言家说到此，意味深长地看了珀斯忒泰洛斯一眼。

珀斯忒泰洛斯被气坏了，心想：这明摆着就是敲诈勒索，我才不信这一套。他随后问道：“这是真的吗？”

“有书为证。”预言家煞有介事地拍了拍手中的厚书。

珀斯忒泰洛斯冷笑一声：“哼，但我的卦跟你的可不一样哦。我这是从阿波罗神那儿抄来的，说要是有下流的骗子到这来打扰仪式的进行，还提出要吃烤肉的建议，就应该当胸给他一拳。”珀斯忒泰洛斯说完举起了攥得紧紧的拳头。

“你胡说。”预言家大惊失色，吓得赶紧退后一步。

“有书为证！就算他是天空的飞鸟、兰朋本人，甚至是大名鼎鼎的预言家狄俄珀忒斯，也不能饶了他。”

“不可能！”预言家并不死心。

“你赶紧滚吧！”说着，珀斯忒泰洛斯一拳打在了预言家的鼻子上。愤怒的鸟儿们也蜂拥而上，使劲儿啄他。

“救命啊！”预言家被吓得抱头鼠窜，眨眼间就没了人影。

“哼，看你还敢不敢来骗人！”珀斯忒泰洛斯冲着预言家逃走的方向挥了挥拳头。

就在大家准备继续仪式的时候，远处居然又来了一个挟着尺子的瘦子。这次珀斯忒泰洛斯主动上前，非常直接地问道：“你是来干什么的？扮演什么角色？想要什么东西？”

瘦子清了清嗓子，用沙哑的声音说：“我是大名鼎鼎的历数家墨同，在希腊和科隆诺斯是家喻户晓的人物。我此次前来是给你们丈量土地来了。”说完，便趴在地上，拿着尺子开始量了。一边量，嘴里还一边念念有词：“这中间是市场，有许多条道路要一直通到这里来……”

珀斯忒泰洛斯不耐烦地问：“我说历数家，我想这儿还没人邀请你吧？”

“确实是这样，但我是自愿前来的。”

“为了你好，我奉劝阁下一句，你还是赶紧走了为好。”

“什么意思？”听此，历数家停了下来，对着珀斯忒泰洛斯，一脸的疑问。

“就像在斯巴达一样，这儿的人反对外国人，只要遇见外国人就会打他，不管是在哪儿遇见。”珀斯忒泰洛斯夸张地说。

“为什么，这些人彼此之间有矛盾吗？”历数家紧张地站起身，将尺子挟到了腋下。

“是大家下定决心要赶走所有的骗子。”

“那我……还是走吧。”历数家擦擦头上不经意间冒出的冷汗，转身准备走人。

“想走？没那么容易！”说完，珀斯忒泰洛斯也给了历数家当胸一拳。

“救命啊！”历数家屁滚尿流地逃命去了。鸟儿们叽叽喳喳地笑了起来。

“大家要注意了，”珀斯忒泰洛斯面对鸟群挥动手臂，示意大家安静，“兄弟们，我们的国家才刚刚建立，就有这么多骗子用各种借口找上门来。未来的日子还很长，相信还会有更多的骗子前来，所以我们一定不能掉以轻心，要擦亮眼睛，坚决打击他们的嚣张气焰……”

珀斯忒泰洛斯正说着，一个大腹便便的人踱着方步就走了过来，手里还拎着个投票箱。他径直走到祭坛前面，趾高气扬地扫视了四周一圈，问：“外侨代表是哪位？”

“我就是！”珀斯忒泰洛斯站了出来，“请问你是哪位？”

“我是云中鹁鸪国的视察员。”

“视察员？那是谁选出来的？”明知来人在撒谎，珀斯忒泰洛斯还是假装感兴趣地问道。

“忒勒阿斯推荐的。”视察员脸不红心不跳地说。

“那好吧，就算是吧。”珀斯忒泰洛斯笑着回应，“那你愿不愿意光拿钱不干事就回去呢？”

“那当然是好事，”视察员急忙应道，“我得赶到城里去开会，还得给波斯总督办点事。”

“那你接好了，这就是你的俸禄。”珀斯忒泰洛斯一拳打过去，视察员多了一个黑眼圈。

“啊，你这是干什么呀？”视察员捂着左眼大叫。

“给波斯总督办事呀。”

“快来人呀，他打了视察员了！”视察员向四周大声呼救，却发现鸟儿们只是兴高采烈地在旁边围观，丝毫没有要帮助他的意思。投票箱也已经被鸟儿们啄得千疮百孔，活像一个蜂窝。视察员见势不妙，赶紧闭上嘴，拖着他的破投票箱，灰溜溜地走了。

视察员前脚刚走，后脚就又来了一个人。

“若有云中鹁鸪国国民侮辱雅典国民……”

“这又是谁在那儿放屁？”珀斯忒泰洛斯怒气冲冲地问道。

只见一个抱着一大堆发黄的旧纸的人在边走边叫卖：“卖法令！卖法令！最新的法令，一个金币一条！”

“有什么好法令可买？”

“云中鹁鸪国所用度量衡及钱币应相当于阿育畏人所用的。”

“看来，又是一个不折不扣的骗子！”珀斯忒泰洛斯毫不客气地赏了他一个响亮的耳光。

“你干吗打我？”

“你要是再不走，我会赏你更多我们国家的法令！”珀斯忒泰洛斯说完扬了扬手。“打啊，打啊！”鸟儿们一起扇动翅膀，卖法令的吓得捂着脸逃了。

为了不再受到任何人的打扰，祭祀仪式决定挪到室内进行。

歌咏队唱起激情洋溢的歌曲：

我们统治万方，我们眼观万物，我们杀死一切害虫，我们看护花果树木。

我们是幸福的鸟类，我们冬天不用穿毛衣，我们夏天不用打阳伞，我们在花间自由飞舞，我们在树上高声唱歌，我们在岩洞里休息，我们和女神游戏。

此时在另一边的工地上，欧厄尔庇得斯和鸟儿们正在分工合作，热火朝天地干活。非洲来了三万只大鹤，它们肚子里装得满满的都是打地基用的碎石子；鹬鸟用嘴当工具把石子凿平；鹳负责造砖头；鸭子把造好的砖头运到工地上；苍鹭背着沙斗；燕子拖着刮泥板，嘴里叼着泥；鹅则用脚掌把泥铲到沙斗中。水鸟们把水抬到空中，有的鸟儿用嘴锯着木头做门，有的鸟儿正在安锁，有的在巡逻，有的在站岗，大家各尽其能，团结一致，城墙一点一点地被垒了起来。一天后，一座高大巍峨的城楼就耸立在了五彩云霞之中，上面写着“云中鹁鸪国”。

大家聚集在一起，仰望着金光闪闪的国名和雄伟壮丽的城墙，一股难以形容的自豪感和幸福感油然而生。“我们再也不用流浪了！”“我们再也不会受别人欺负了！”“我们有自己的国家了！”“我们翻身做自己的主人了！”鸟儿们拥抱在一起，叫着、跳着，尽情地享受这快乐的时刻。欧厄尔庇得斯站在一旁，看着这欢乐的海洋，也欣慰地笑了。

就在这时，一个哨兵匆匆赶来报告："不好了，有一个带翅膀的什么神趁卫兵没提防，从城门进来了！"

欧厄尔庇得斯派出三万枭骑，众鸟的翅膀扑扇起来，遮住了阳光，卷起了大风。所有的鸟儿都严阵以待，誓死捍卫新生国家的政权。

那边，珀斯忒泰洛斯刚做完祭祀活动。突然，一个轻盈的身影从窗子里飞了进来。

珀斯忒泰洛斯大喝一声："你是谁？来这儿做什么？"

那人转过身来，解开面纱，顿时霞光四射，耀眼的光芒晃得大家睁不开眼睛。

"我是从俄吕谟波斯山来的快捷绮霓。"女神莞尔一笑，光彩照人。

珀斯忒泰洛斯定了定心神，问道："你进城盖过戳吗？"

"盖什么戳？"

"任何人想到我们这里来，都要事先经过批准，盖上戳才行。像你这么偷偷摸摸地进来是违法的。"

"切，我们天神想到哪儿就到哪儿，什么时候盖过戳啊！"女神傲慢地回答。

珀斯忒泰洛斯心想：这个时候怎么能够心软呢？要不别人还会更加得寸进尺，一定要依法办事，杀一儆百，这样才能树立国家权威。于是他故意严厉地说："别的地方我可以不管，但现在你不能随便从这儿走，因为你已经违反了我们国家的法律，应该被判处死刑。"

绮霓女神听后不禁花容失色，但旋即释然了："别忘了，女神是死不了的。”

珀斯忒泰洛斯想：一定不能放过她，要灭灭她的嚣张气焰。于是，他指了指身后的城墙，说道：“死不了也要死。你没看到现在是鸟在掌管这个地盘吗？”绮霓抬头一看，城墙上写着“云中鹁鸪国”几个气势磅礴、熠熠生辉的字，而一排排士兵正守卫着城池，是那么威风凛凛、气势逼人。她大吃一惊，没想到这些小小的鸟儿竟然真的建立了一个自己的国家。

珀斯忒泰洛斯见女神愣了神，得意地笑了一下，缓和口气说道：“你原本打算去哪儿呀？”

“去哪？哦，我是从宙斯那儿来，到人类那儿去，告诉他们要向俄吕谟波斯山的神祭献牛羊，让烤肉的香气飘到天庭。”

“哼，不过现在鸟是人类的神了，他们会向鸟儿祭献，而不是什么天神。”

“胡说八道！”绮霓生气地说，“你领教过天神的本领吗？他们要是发起火来是会用斧头砍死人的，还会用霹雳把你们的房子烧光。”

“哼，宙斯要是敢和我们作对，我们就用带火的鹞鹰烧光他的宫殿。”珀斯忒泰洛斯毫不示弱。

“混账！”绮霓骂道。

“还不快走，再不走就让你吃苦头！”珀斯忒泰洛斯下了逐客令。鸟儿们也扇着翅膀往外轰她。

一直以来备受尊崇的女神什么时候受过这种委屈，她赶紧红着脸逃走了。

与天神的反应相反，人类非常尊崇鸟儿，报信员说人们一下子意识到鸟才是天地间最伟大的精灵。他们现在以模仿鸟儿的举止为时髦，甚至用鸟名起名，诗歌也多以鸟儿作赋比兴。最重要的是，因为向往鸟儿们自由自在的生活方式，大约有一万人踊跃报名要移民到云中鹁鸪国。

听了汇报，珀斯忒泰洛斯命令大家立刻收集羽毛，好为即将要来的人赶制翅膀。

在大家忙活的时候，人类的第一个访客来了。他被街坊骂作逆子。

“我要做高飞的鹰，要在荒凉的灰色海波上飞行，还有比这更美的事儿吗？我爱上了鸟国的法律，我要住在这里！”

“那你爱上了哪条法律？”珀斯忒泰洛斯问道。

“所有的法律！不过最让我喜欢的是那条：我可以咬我爸爸，掐他的脖子。正是因为这个，我才来的，我是那么希望能够掐死我那个守财奴爸爸，好继承他的财产。”

对于这个年少轻狂的人，珀斯忒泰洛斯指着法典说：“可我们这儿还有一条，就是当老鸟把孩子带大后，小鸟是要赡养老鸟的。”

“什么？”逆子一下子就泄了气，“如果是这样，那我不是吃亏了吗？”

“那，既然你已经来了，我就给你一对翅膀，但我建议你去参军，这样不但可以自食其力，也可以让你爸爸好好活着。”

逆子听后愉快地答应了，然后接过翅膀走了。

随后，当红舞女喀涅西阿斯扭着杨柳细腰进来了，她边舞边唱：“我翅膀轻拍飞上天庭，飞过一个又一个音程。我追求着新鲜事物，以我无畏的身心。”

“喂，你这么一步一扭是要去哪儿啊？”珀斯忒泰洛斯问道。

喀涅西阿斯回头妩媚一笑，用歌声回答道：“我愿变成吐着清音的夜莺。”

“停下来吧，你就直说吧，究竟要什么？”

她紧贴着珀斯忒泰洛斯，围着他转圈：“我要一双翅膀，从此飞上天庭，从云中取得新意——那回风转雪的诗情。犹如长颈之鸟，在那云里逍遥。我要乘风破浪，在那海上翱翔……”

舞女卖力地唱着跳着，火辣妖娆的舞姿让大家眼花缭乱。

“好了，别唱了！”珀斯忒泰洛斯看得眼睛都晕了，心想：要是这种风骚的女人进了云中鹁鸪国，那还不乱了套。

可舞女却并没停下来，她继续唱道：“我飞向南方，又飞向北方，直破那长空无障碍。”

珀斯忒泰洛斯终于忍无可忍了，上前拉住她的胳膊说：“别唱了，有话快说！”

“你真粗鲁，怎么可以这样对待受人尊敬的舞蹈大师呢？”喀涅西阿斯一边娇嗔着，一边揉着被珀斯忒泰洛斯弄疼的胳膊。

“这样啊，那你愿不愿意加入我们‘浪荡秧鸡’歌舞团呢？”珀斯忒泰洛斯忍着笑，装作很严肃地问。周围的鸟儿们听后一阵哄笑。

喀涅西阿斯气得杏眼圆睁：“拿我寻开心？我告诉你，我是不会死心的。我会坚持到底，一直到我飞上天空！”说完，转身扭着细腰，摔门而去。

之后来了一个讼师，他衣衫褴褛，面容憔悴，一进来就开门见山地说，想要一对翅膀。

“有了翅膀，你办案就方便了，是吧？”珀斯忒泰洛斯问道。

“不是，我是为了飞到外国去打官司，告了对方尽快飞回来。”

珀斯忒泰洛斯这下明白了，讼师原来是想在被告没到法庭之前就给他判罪，到法庭之后就去没收他的财产，说了半天还是为了能更快地办坏事。

“好，那我现在就给你一对翅膀。”珀斯忒泰洛斯说完，就扬起手中的皮鞭，向讼师抽了过去，把他打跑了。

珀斯忒泰洛斯暗想：一定要把好关，不能让人间的败类乘虚而入，不能让他们玷污云中鹁鸪国的纯洁。

时光流转，日子幸福而又平静。珀斯忒泰洛斯和欧厄尔庇得斯都觉得一切顺利得有些难以相信：那些傲慢好斗的天神们怎么会一点儿动静都没有呢？

一天下午，珀斯忒泰洛斯正在午休，一个蒙面人悄悄溜进了他的屋子。

“谁？”珀斯忒泰洛斯吃惊地问。

蒙面人看了看四周，发现没有人，就取下了面纱。

“原来是你啊，普罗米修斯。”珀斯忒泰洛斯上前与他拥抱。

“嘘，小点声，让宙斯知道我在这儿就完了。我来是要告诉你一些关于天神的情况的。”

普罗米修斯说，自从云中鹁鸪国建立以来，人类就不再给天神献祭了。天神很长时间吃不到烤肉，都快馋疯了。宙斯无奈，就打算派天神代表团来和鸟儿们谈判。

“哈哈，天神们这下子可吃到苦头了。”珀斯忒泰洛斯得意地笑了。

“你们别妥协啊，除非宙斯答应把巴西勒亚嫁给你。”普罗米修斯对珀斯忒泰洛斯说道。

“巴西勒亚是谁？”

“啊，她可是绝代佳人。更重要的是，她负责掌管宙斯的霹雳和全部财产，什么政策、法律、道德、海军基地、造谣诽谤、会计出纳、陪审津贴等，都归她管！”

“啊！这么厉害的角色啊！”

“你只要娶了她，这些就都归你了。我冒着生命危险前来，就是为了告诉你这些。你可一定要照我说的做啊！”说完，普罗米修斯拍了拍珀斯忒泰洛斯的肩膀。

“放心吧，好兄弟，我一定照办！事成之后，不会忘记你的！”珀斯忒泰洛斯也拍了拍普罗米修斯的肩膀。

“那好，我先走了。你保重！”普罗米修斯蒙上面纱，步履匆匆地走了。

几天后，由海神波塞冬、天雷报罗斯和宙斯的英雄私生子赫拉克勒斯组成的谈判代表团果真驾临了云中鹁鸪国。

门卫把他们带到了大厅里，珀斯忒泰洛斯这时正坐在火炉旁边若无其事地吃饭。

波塞冬向珀斯忒泰洛斯微微欠了欠身，说：“我们三位天神向你致敬。”

珀斯忒泰洛斯眼皮都没抬一下，说道：“你没看我正忙着往肉上抹酱呢。”

饿了多日的赫拉克勒斯一听到“肉”字，眼睛立马就放光了，连忙问：“那是什么肉啊？”

“就是一些被反抗民主党处死的鸟。”珀斯忒泰洛斯一语双关。

波塞冬庄严地说：“我们是来讲和的。”

赫拉克勒斯仍然紧盯着那肉，不停地咽口水，情不自禁地说：“鸟肉油光光的，看上去非常好吃啊。”

波塞冬生气地把出洋相的赫拉克勒斯拉到一边，继续说：“如果我们彼此争斗，将是两败俱伤的事情。如果你们能和我们友好相处，我保证，你们会一直风调雨顺。”

珀斯忒泰洛斯一边吃肉，一边说：“我们也没想过要发动战争，我们也想签订和约。不过有一个条件：宙斯必须把王权还给鸟类。如果同意，那我会立刻请你们共进午餐。”

“同意，同意。”赫拉克勒斯一听说有肉吃，抬腿就要往餐桌边上坐。波塞冬一把拉住他，骂道：“傻瓜！饭桶！难道你想让你爸爸退位？”

“波塞冬，你误会我了。我说让宙斯将王权还给鸟类，并不是要宙斯退位，而是要天神帮助鸟类加强对人类的管理。你想，人类和你们天神离得远，山高皇帝远的，他们为非作歹，你们可能看不见。即使看见了，也不好管。而我们鸟儿穿梭于云彩之间，对这些会很快察觉。我们要是互相合作的话，在他们做出对天神不敬的事情时，我们可以立刻去啄瞎他们的眼睛。这样，人类就会被管得服服帖帖。”珀斯忒泰洛斯分析得头头是道。

“有道理。”波塞冬点点头。

赫拉克勒斯也频频点头。

珀斯忒泰洛斯把头转向沉默不语的天雷报罗斯："你觉得呢？"

"我没什么意见。"天雷报罗斯瓮声瓮气地说。

"好，那就是通过了。另外，我们合作还有一个好处：如果有人许愿要给神献祭，在神帮他实现愿望后，他又反悔了，我们就会派鹞鹰去抓他，让他送给神两只羊，当作对他吝啬的惩罚。"

话音刚落，赫拉克勒斯就高兴地举起双手，表示赞成。波塞冬和天雷报罗斯也点了点头。

"不过注意，实现这一切还有一个条件。"珀斯忒泰洛斯最终把话题引到了关键点上，"宙斯可以留着他老婆，但必须把巴西勒亚姑娘送给我做老婆。"

波塞冬听后勃然大怒："这简直是异想天开，我们走！"说完转身便走。

珀斯忒泰洛斯故意装出一副镇定自若的样子，一边剔牙，一边说："不同意也没关系。厨师，再上一道甜点。"

赫拉克勒斯一听这话，马上拉住波塞冬的袖子："你要去哪？我们值得为一个女人牺牲这么多吗？"波塞冬停住脚步："那你说怎么办？"

"同意呗。"

波塞冬一副恨铁不成钢的样子，说道："笨蛋，难道你不知道他是在引诱你吗？要是同意把巴西勒亚送给他，宙斯一旦死去，那所有的财产就会被别人吞掉，到时候你可连一分钱都得不到。"

赫拉克勒斯一听这话，马上变得茫然无措。

“哎呀，波塞冬才是在骗你。”珀斯忒泰洛斯连忙稳住赫拉克勒斯，“根据现在的法律，在你爸爸死后，你也同样得不到一分钱，因为你妈妈不是明媒正娶的，你只是个私生子。”

赫拉克勒斯急得满脸通红，大声争辩道：“那我爸爸非要让我继承财产呢？”

“那也不可能得到。到时候波塞冬就会宣布他是你爸爸的亲兄弟，从而把你爸爸的财产全部夺过去。不信？有《梭伦法典》为证：若有嫡亲儿子，妾生不得继承；若无嫡亲儿子，财产归于近亲。”

“你的意思是说，我无论如何也得不到一点儿财产？”赫拉克勒斯快要完全绝望了。

“你爸爸给你在族谱上登记了吗？”

“没有。”赫拉克勒斯彻底垂下了头。

“别担心，你要是愿意留在我们这儿，我可以封你为王，并且给你美餐吃。”珀斯忒泰洛斯装作非常体贴的样子，拍拍他的背，安慰着他。

赫拉克勒斯感动地点点头：“我同意把巴西勒亚嫁给你。”

“你呢？”珀斯忒泰洛斯问波塞冬。波塞冬依然倔强地摇头：“不同意。”

“天雷报罗斯呢？”

天雷报罗斯瓮声瓮气地说：“漂亮姑娘巴西勒亚从此归鸟国所有。”

波塞冬一看这情形，只好闭上嘴，不说话了。

赫拉克勒斯说：“好了，现在已经达成一致了。走吧，一起去迎娶新娘吧。”

珀斯忒泰洛斯就和三位天神一起奔赴天庭而去了。

珀斯忒泰洛斯迎娶巴西勒亚的喜讯很快就传遍了鸟国。所有的鸟儿们都动员起来，为他们举行了盛大的婚礼。

鲜花怒放，百鸟争鸣，鸟儿的歌声响彻云端：

前后左右鸟环飞呀，
欢迎幸福新郎归呀，
年少貌美多么好呀，
唱歌欢迎他回家呀……

在热烈的欢呼声和祝福声中，珀斯忒泰洛斯牵起新娘的手，和她一起飞到了云中鹁鸪国的上空。俯瞰着他深爱的国家，在心里默默为它祈福：

愿智慧和勤劳、纯洁和善良与祖国永远同在！

二　一仆二主

·作品评价·

《一仆二主》是哥尔多尼的代表作，它标志着即兴喜剧向现实主义喜剧的转变。《一仆二主》继承了即兴喜剧的某些特点：保留了一些传统的假面人物，但又赋予了新的性格特征；台词最初是半即兴式的，后来才完全固定下来。主人公特鲁法儿金诺是来自社会下层的仆人，作者通过着意刻画他憨厚、纯朴的性格，热情赞美下层人民的聪明机智和开朗乐观的生活态度。人物性格鲜明，情节生动，语言诙谐，洋溢着浓郁的威尼斯生活气息，是一部杰出的世俗喜剧。

哥尔多尼（1707 年—1793 年）

意大利启蒙时期的现实主义剧作家。一生中最大的贡献就是改革了即兴喜剧，建立了民族戏剧——现实主义喜剧。他要求废除即兴喜剧的假面和“幕表”，写有固定台词的文学剧本；主张喜剧从生活中汲取素材，忠实地反映现实生活，发挥“颂扬美德，嘲讽恶习”的教育作用，摆脱庸俗的趣味；他反对三一律，强调以批判的眼光汲取古代和外国喜剧的长处，以建立具有民族特色的喜剧。他把这种现实主义喜剧称作“风俗喜剧”或者“性格喜剧”。代表作有《一仆二主》和《女店主》。

意大利的威尼斯是一座美丽而又古老的城市，有像网一样互相交织的河道。它们就像是无数条银链，在阳光下闪着波光，让人产生无限的遐想。

这天，从都灵来了一辆邮车。车上下来主仆二人。仆人是一个矮胖的年轻人，硕大的脑袋上长着一头杂乱的卷发，脸色黝黑，鼻子硕大，鼻孔朝天，整个人看上去傻里傻气。要不是那双眼睛间或闪出一丝狡黠的光，人们肯定会把他当成一个愚笨的人看待。主人则是个英俊潇洒的年轻人，他眉清目秀，皮肤白皙，身着黑色衣裤，外披一件猩红披风，脚蹬软质皮靴，一看就是大户人家的公子。

主人是都灵人，名叫费捷里柯。仆人名叫特鲁法儿金诺，是费捷里柯在路上临时雇用的。对于主人，特鲁法儿金诺了解得并不比读者多。

主仆二人来到一个高高的门楼前，主人说："特鲁法儿金诺，进去向巴达龙纳先生通报一声，说都灵来的费捷里柯前来拜访了。"

"是。"特鲁法儿金诺答应后，便匆匆跑了进去。

巴达龙纳是当地的一个商人，此时他正在家里为女儿举行订婚仪式。他女儿的未婚夫西里维俄是罗巴尔弟博士的儿子，长相英俊，出身高贵，最重要的是他深爱着克拉里切——巴达龙纳的女儿。而克拉里切也为拥有这样一位未婚夫而自豪。他们也请来了证婚人——本地旅馆主人布里格拉。

"现在你们订婚了，真让我这个做父亲的感到高兴，以后我要给你们举行一个盛大的婚礼。"看到女儿的手和西里维俄的手放在一起时，巴达龙纳由衷地感到高兴。

"说真的，这真的是天赐良缘。"巴达龙纳舒了一口气，满意地看着西里维俄，对众人说，"如果不是都灵的费捷里柯先生——我的债权人死得及时，我的女儿就会错失这样一段好姻缘，因为我女儿开始是许给他的。"

这段话把大家的关注点引到了费捷里柯身上，据说他因为妹妹的事情，被人刺死了。详情没有人知道，因为在座的除了旅馆主人布里格拉之外，谁也没见过费捷里柯，当然就布里格拉最有发言权了。

“我在都灵住了三年，不但认识费捷里柯先生，还认识他的妹妹。那可是个聪明的姑娘，骑马、击剑，样样在行，还经常女扮男装地跑来跑去。……费捷里柯先生非常爱他的妹妹，真是可惜了。”布里格拉惋惜地说。

“上天是公平的，上帝感动于我对你的情义，才给了我与你相伴的机会。”西里维俄对克拉里切深情地说。

“你明知道我有多么爱你，就算是嫁给那个都灵人，也只是遵从父亲的旨意，我的心永远属于你。”克拉里切回报西里维俄以深情。

正在这时，特鲁法儿金诺闯了进来，女仆见状拦了上去。

“你是干什么的，怎么不敲门就闯进来了？”看他傻里傻气的样子，女仆生气地问。

“我敲门了，但是没人应，所以我就自己进来了，看看到底有没有人。”特鲁法儿金诺忘了自己进来的真正目的，因为他对女仆产生了兴趣，开始跟女仆饶有兴味地搭起讪来。

“快说你是谁，要不就赶紧滚出去！”这可气坏了巴达龙纳。

“我是我主人的仆人。”特鲁法儿金诺的心思还在女仆身上，所以根本没看出巴达龙纳的不悦。

“那你的主人是谁？”

“都灵的费捷里柯，他让我问候您。现在他就在外面等着呢，让我先进来通报一声。”

特鲁法儿金诺的话把一屋子的人都震住了。

“不可能，费捷里柯已经死了。”

“是啊，他确实已经死了，千真万确。”屋里的人纷纷说道。

特鲁法儿金诺有点迷糊了，刚才自己还和主人在一起，怎么一会儿工夫他就死了？特鲁法儿金诺这样想着，转身就奔出了屋子。

过了一会儿，特鲁法儿金诺又回来了，身后还跟着一个年轻人。

“你们怎么说也是体面人，这样欺负外乡人不太好吧？我的主人明明还活着，你们干吗说他死了呢？”他喘口气，用手指了指年轻人，“看，他不就在这儿吗？”看到满屋人都愣在那里，特鲁法儿金诺满意地耸耸肩，走到门外，按主人的吩咐到布里格拉的旅馆等主人去了。

“巴达龙纳先生，在信中您对我一直亲切友善，怎么现在我到了您家门口，您却不请我进来呢？我只好不请自来了。”

“先生，请原谅，您是……”巴达龙纳迷糊地问。

“我是都灵的费捷里柯。”

全屋的人听这话后都被震住了。人群开始骚动不安起来，尤其是那一对恋人，他们不自觉地抱在一起，心里都想着永远不和对方分开。

巴达龙纳大惑不解，更糟糕的是他不认识费捷里柯先生，只好要求年轻人拿出证明身份的东西来。年轻人对这一无礼要求并不介意，他镇定地拿出几封信，递给巴达龙纳。这些信都是平时巴达龙纳写给他的，足以证明年轻人的身份不是假的。

当然，也不是没有人知道来人是谁，他就是旅馆主人布里格拉。从“费捷里柯”一进门，他就看出这是费捷里柯的妹妹彼阿特里切小姐。他是想看看她要要什么把戏，于是一直没开口，只是饶有兴趣地看着这一切。

彼阿特里切也看到了布里格拉，心里“咯噔”一下，她心想：真见鬼，他怎么在这儿？我得设法稳住他。于是她假装与之搭讪，暗里请求他不要出卖自己。布里格拉料想她也许有隐情，便表示不会出卖她。

有了信件，又有布里格拉的证明，大家就都不再怀疑费捷里柯的真实性。巴达龙纳甚至表示，既然费捷里柯先生依然健在，那么他的女儿就还是费捷里柯的，自己绝不反悔。一对恋人寄希望费捷里柯说出放弃婚姻的话，可调皮的彼阿特里切偏要跟一对恋人开玩笑，故意说：“我倒不那么拘泥，反正我还是要的。”惹得这对恋人对她怒目而视，她心里却乐开了花。

玩笑开完之后，彼阿特里切就叫住巴达龙纳，跟他谈起了他们之间的债款问题。巴达龙纳说账目非常清楚，任何时候都可以结账。

彼阿特里切告诉他，她现在急需一笔钱，并商定由她的仆人来取。

事情办完后，彼阿特里切向巴达龙纳告别，在布里格拉的陪同下，向旅馆走去。

路上，彼阿特里切向布里格拉说明了真相。原来，费捷里柯的确已经死了，是被彼阿特里切的恋人弗罗林多杀死的。彼阿特里切与弗罗林多彼此深爱，费捷里柯却极力反对，他甚至去找弗罗林多算账，结果被弗罗林多失手刺死了。弗罗林多害怕被法庭追究，没来得及跟女友告别，就远走他乡了。已经失去了哥哥，彼阿特里切不能再失去恋人，听说爱人逃到了威尼斯，所以她才女扮男装冒充费捷里柯来寻找恋人。她的计划是先找巴达龙纳结清账款，拿到钱便去帮助恋人；第二步也是最关键的一步，就是寻找恋人。

特鲁法儿金诺在旅馆门前已经等了很长时间，都有点不耐烦了。他漫无目的地四下张望，肚子也饿得咕咕叫。对他来说，吃饭是天下最重要的事，所以他决定不再等了。他刚想进旅馆看能不能找点儿吃的，就见一个衣着考究的上等人和一个扛着箱子的搬运夫从对面走来。搬运夫干瘦的两腿直打战，背上的箱子则歪向一边，看着随时有倒下去的危险。

特鲁法儿金诺一看，高兴地跑上前，殷勤地对那上等人说：“先生，有什么我可以帮你的吗？”

“你来得正好，帮我把这口箱子抬进旅馆吧。”

“好嘞。”特鲁法儿金诺一边答应着，一边把箱子弄到自己肩上，然后轻松地踏上了旅馆的台阶。

而这个上等人不是别人，正是彼阿特里切的爱人——弗罗林多。

进到旅馆安顿好，弗罗林多看特鲁法儿金诺手脚麻利，样子也敦厚，就问：“你是干什么的？”特鲁法儿金诺就说自己是外乡人，今天刚到威尼斯，现在还没有工作。弗罗林多问他：“愿意给我做仆人吗？”特鲁法儿金诺一听正中下怀，于是爽快地答应了。

“那你现在去邮局里看看有没有弗罗林多先生的信，哦，那就是我。”主人吩咐道。

“好的，主人。”

特鲁法儿金诺走出旅馆，恰好碰见彼阿特里切和布里格拉，见第一个主人也要住这家旅馆，他心想：这下糟糕。而这时，彼阿特里切却说：“你先到邮局去，看看有没有费捷里柯和彼阿特里切的信？”

等特鲁法儿金诺走后，彼阿特里切告诉布里格拉，她的一个忠实的仆人在替她管家，假如写信的话，不知道会用哪个名字，所以对特鲁法儿金诺这么说。

特鲁法儿金诺到邮局取回来三封信，一路上，他得意地想：真是棒极了！别人都为找不到工作发愁，而我却一下子找到两个。这样想着，就开始不停地把信倒来倒去，一会儿放口袋里，一会儿又掏出来看看。还没到旅馆，他就已经忘了这三封信究竟该给哪个主人了，因为他并不识几个字。

弗罗林多见仆人回来了，就急忙问有没有他的信。

“这儿有三封信，主人，可不全都是您的。刚才我碰到一个熟人，他也是一个仆人，我告诉他我要去邮局，他就让我帮忙看看有没有他主人的信。这儿好像确实有一封他主人的，可我不知道哪个是，因为您知道我并不识几个字。”特鲁法儿金诺随口编了一个谎话，他紧张地看着弗罗林多，看他没怀疑，他的一颗心才放回肚里。

弗罗林多将三封信都接过去，忽然，他看到一封信上写着彼阿特里切的名字，于是赶忙问特鲁法儿金诺：“你的熟人是谁？”

“他叫巴斯古阿列，他只是个仆人。”

“是的，我知道，那他是谁的仆人？”

“这个我不知道，主人，他曾经跟我说过，可我忘了。”

“那你的熟人现在在哪？”

“不知道，主人。”

“那你怎么把信交给他？”弗罗林多不耐烦地问。

“我们……我们约好在广场碰头。”

弗罗林多急于知道恋人的消息，便把信拆开了。从信中他知道彼阿特里切女扮男装到威尼斯来找他了，他又激动又焦急，对特鲁法儿金诺大声说：

“赶快去和你那个熟人碰面，把他带到我这儿来，我有话对他说，赶紧去，回来我会好好打赏你们的。”

特鲁法儿金诺答应着，就跑出了弗罗林多的房间。他来到彼阿特里切的房间，将那封拆过的信递给了她。彼阿特里切问他信怎么拆开了，他只好瞎编说邮局里有一封他的信，因为不认识字就把信给拆错了。想到他不识字，又不知道自己的真实身份，彼阿特里切也就没再理会，兀自读起信来。从信中她知道都灵人都知道她出走了，法院正设法追踪她。情况非常紧急，可巴达龙纳还没把钱送来，于是她决定亲自到他家里去取。临走时，她把箱子的钥匙交给特鲁法儿金诺，要他把衣服拿出来晾晾。

彼阿特里切走后，巴达龙纳来了，见彼阿特里切不在家，自己还有急事，就把一个装着一百个金币的钱袋交给了特鲁法儿金诺，让他转交给主人，之后就走了。

特鲁法儿金诺没来得及问是给哪个主人的，这下他可犯了难。就在这时，弗罗林多走了过来，特鲁法儿金诺便把钱袋交给了他。弗罗林多正巧也在等一个商人送钱来，以为这钱就是那个商人给的，也没多问就把钱收了起来。特鲁法儿金诺长出了一口气：还好没搞错，把钱给了应该给的主人。

彼阿特里切来到巴达龙纳家，女仆告诉她老爷出去了，只有克拉里切小姐在家。想到上次自己跟她开的玩笑，彼阿特里切决定和小姐单独谈谈，必要时可以考虑将真相告诉她，以求她原谅。

女仆知道她是小姐的未婚夫“费捷里柯先生”，便径直将她带到了小姐的闺房。

“你这人脸皮还真厚，没请你，你怎么自己到我的闺房来了。”见到“未婚夫”，克拉里切小姐十分恼火。

“我是来请你原谅的。”

“我不能原谅你，因为你做的事不能被原谅。”

“但我可以安慰你。”

“除了西里维俄，我不需要任何人的安慰。”

“当然喽，我是不能和西里维俄比，但我可以帮助你，让你得到幸福。”彼阿特里切依然沉着冷静，说话慢慢悠悠。

“你只能让我变得不幸。”小姐口气缓和了些，但态度依然坚决。

看小姐态度没有缓和，彼阿特里切只好把事情的真实情况告诉了她，请她原谅自己，并要她起誓保密，不准告诉任何人，包括情人西里维俄。小姐面露难色，但最终还是答应了。

巴达龙纳先生回来后，看到女儿和“费捷里柯先生”态度亲密地走出房间，不禁喜出望外。他告诉彼阿特里切，钱已经交给她的仆人了。

就在此时，西里维俄先生闯了进来，当看到“费捷里柯先生”和小姐在一起时，他的肺都要气炸了。他拔出剑，凶狠地对彼阿特里切说：

“我正在四处找你，原来你在这儿！”

彼阿特里切并不畏惧，她也勇敢地拔出剑，和西里维俄打了起来。克拉里切小姐不能劝阻，只好绝望地闭上了眼睛。

当克拉里切听不到动静，睁开眼睛时，西里维俄已被彼阿特里切打倒在地了，剑落在一旁，而彼阿特里切正用剑顶住他的胸口。

“啊！住手！”克拉里切失声大叫。

“放心吧，美丽的克拉里切小姐，看在你的面子上，我也会饶他一命的。为了报答我的宽宏大量，请你一定不要忘了你的誓言。”说完，彼阿特里切潇洒地收回剑，对小姐灿烂地笑了一下，便走出了院门。

克拉里切急忙跑到西里维俄身旁，关切地问：“亲爱的，你没受伤吧？”

“别碰我，我还是你的亲爱的吗？你不是快要和别人结婚了吗？”西里维俄推开克拉里切，从地上爬了起来。

“我爱你，我对你是忠诚的。”

“别再提什么忠诚，你所谓的忠诚难道就是和另外一个男人待在房间里？”西里维俄气急败坏地瞪着克拉里切。

“事情不是你想的那样！”

“你们不是还有誓言吗？这你总不能否认了吧？那可是我亲耳听到的！”

“但那并不是我要嫁给他的誓言。”

“那是什么样誓言呢？”

“我不能说，亲爱的，但请你相信我，我没有做任何对不起你的事。”

“连誓言都有了，你还怎么让我相信你？我现在很恨你！”

“你要是不相信我，那我只有死给你看了！”克拉里切痛苦地说。

“随便你吧！”西里维俄心想：她应该只是虚张声势，不会真的自杀的。

克拉里切的心都要碎了，她捡起地上的剑，绝望地看了一眼西里维俄，将剑抹向了自己的脖子。

“住手，小姐，你这是干什么呀！”女仆大声喊着，从院门外风一样冲了进来，她死命夺下克拉里切手中的剑，将剑扔得远远的，然后回头狠狠地瞪了西里维俄一眼，扶着小姐进屋去了。

西里维俄垂头丧气地走了。

特鲁法儿金诺待在旅馆客厅里，来回走着，他正焦急地等着主人回来开饭，因为他的肚子正咕咕地叫个不停。弗罗林多心事重重地走了进来，特鲁法儿金诺赶忙迎上去，没等开口，弗罗林多便劈头问道：“找到巴斯古阿列了吗？”

特鲁法儿金诺一怔，但马上反应过来，说：

“我和他讲好了，吃过午饭在广场上碰面。”

“那就快去吃饭吧，记得把他带到这儿来。我不吃了，出去一趟，你赶紧去吃吧。”弗罗林多说完就出去了，他担心彼阿特里切，决定再去打探一下消息。

“哦，对了，那一百个金币在这，你看管好。顺便把我箱子里那些衣服拿出来晾晾，给你钥匙。”

“是。”特鲁法儿金诺接过钥匙，目送主人走了，转身要回房间时，看到另一位主人从外面进来了，便赶忙站住脚。

彼阿特里切问特鲁法儿金诺是否收了巴达龙纳先生给的一百个金币，特鲁法儿金诺点点头。彼阿特里切说：“那怎么还不给我？”

“那钱袋是给您的？”特鲁法儿金诺小心地问。

“怎么，他给你的时候没说？”

“说了，他让我交给主人。”

“那你还愣着干什么！”

看到主人生气了，特鲁法儿金诺赶忙把钱袋拿给了她。

彼阿特里切拿到钱后决定感谢巴达龙纳先生一下，于是吩咐仆人说，把午饭弄丰盛些，她要请巴达龙纳先生吃饭。之后便去请巴达龙纳先生了。

终于可以吃饭了。特鲁法儿金诺端着一盆汤从厨房走出来，一溜碎步穿过大厅，见彼阿特里切与巴达龙纳正在走廊上谈话，便彬彬有礼地请他们进屋去了。等两人一进屋，特鲁法儿金诺便掏出一把勺子，舀了满满一勺汤，放进了嘴里。虽然很烫，但他却说：

“嗯，味道不错。”然后把汤端了进去。过了一会儿，他又端来一盘煮肉，并随手拣了一块放进嘴里。忽然一块肉卡在了嗓子眼，卡得他眼泪都快出来了，还好最终吞了下去。为什么会这样呢？原来是弗罗林多来了。特鲁法儿金诺看这位主人心情不好，便想趁他不注意偷偷溜走。不料弗罗林多却叫住了他：“你干吗去？”

“去端菜。”

“给谁端菜？”

“当然是给您呀，主人。”

“我还没回来，你为什么端菜？”

“我……我从窗户里看见你回来了，就来端菜了。”

“怎么先上煮肉，为什么不先上汤？”弗罗林多看到仆人手里的盘子，直皱眉头。

“威尼斯都是这么吃，您要是不习惯，我就让他们先上汤。”说完，特鲁法儿金诺赶忙折回厨房。看到弗罗林多进了房间，他又赶紧将盘子端出来，送到了另一个主人房里。

特鲁法儿金诺就这样来回折腾着，那不会出错？当然会。这不，这盘肉饼他就不知道是哪位主人订的了，不过没关系，他有办法：他把肉饼一分为二，每个主人送一份，当然不会忘记给自己留一块。

不管怎么说，总算是把两个主人都伺候好了，这下终于轮到自己吃饭了。但刚吃了一会儿，就有人来告诉他外面有个姑娘找他。他一听连餐巾都没来得及解下来，便一溜烟跑到了旅馆门外，一看，原来是巴达龙纳家的女仆斯米拉尔金娜。

特鲁法儿金诺本来就对这个女仆有好感，这下更是大献殷勤，说自己如何能干，如何聪明，直说得姑娘芳心大动。两人越说越投机，都觉得对方是最适合自己的人。最后，两人商定，由特鲁法儿金诺去向斯米拉尔金娜的主人或女主人求亲。说到女主人，斯米拉尔金娜才想起自己来这儿是有任务的。她交给特鲁法儿金诺一封她女主人的信，要他转交给他的主人费捷里柯先生。特鲁法儿金诺接过信，禁不住好奇心的驱使，就决定打开信看看。他心想自己会用面包屑将信重新封好，便打开了。但看了半天，他俩却一个字都不识，还为一个字是“我”还是“你”争了半天。就在这时，彼阿特里切和巴达龙纳吃完饭从旅馆里出来了。巴达龙纳看到女仆，问她来干什么，还没等她回答，彼阿特里切就看到了拆开的信，压住火气读完信。信上说西里维俄嫉妒得要疯了，克拉里切要彼阿特里切快想办法帮她。看完信，彼阿特里切陷入了沉思，现在唯一的办法就是公开自己的身份。

见彼阿特里切陷入沉思，巴达龙纳便带女仆悄悄离开了。特鲁法儿金诺刚想走，却被主人看到了。看着这个缩着脖子鬼鬼祟祟的仆人，想到他这两次不轨的行为，彼阿特里切怒火冲天，便拿起棍子狠狠地教训了他一顿。

弗罗林多这时正在房间里休息，听到吵闹声便隔着窗户往外看，谁知正看到有人在抽打自己的仆人，心中一怒，便快步走了出来。等他走出旅馆，那人已不知去向了，只剩特鲁法儿金诺在那儿委屈地嘟囔着。

“是谁在打你？”弗罗林多生气地问。

“我不认识他。”

“那他为什么打你？”

“因为……因为我不小心踩了他的脚。”

弗罗林多听此火冒三丈，大声骂道：“为这么点小事就打人，你却不敢反抗，真是个胆小鬼，让我这个做主人的跟着丢人。”

随后便拿起地上的棍子，照着特鲁法儿金诺又是一顿猛抽：“你这么喜欢挨揍，那我就让你过过瘾！”

等主人打完回屋，特鲁法儿金诺瘫倒在地，沮丧地说：“我吃了两份饭，挨了两顿打，算是扯平了吧。”

下午，人们都懒洋洋的。特鲁法儿金诺蜷坐在一个角落里，不时活动一下胳膊腿儿。两位主人一个出去办事了，另一个在睡觉，他因此有了一段少有的闲暇时光。特鲁法儿金诺刚想躺下睡一会儿，忽然听到“叮当”声，低头一看，原来是两个主人箱子上的两把钥匙，想到主人的衣服还没晾，他知道自己该干什么了。

之后他把两位主人的箱子搬到了客厅，并排放在一起。望着两个外形相似的箱子，他犯愁了，究竟哪把钥匙开哪把锁呢？琢磨了半天，总算将两个箱子都打开了。他把两个箱子里的东西都拿出来，放到桌子上。两个箱子里的东西都差不多，各有两套黑绒衣服、马夹，还有些书信什么的。在一件黑衣服里，他摸出了一张相片，这是谁？看上去有些面熟。这时突然有人喊他，是弗罗林多。他醒了，如果他现在到这儿来，看到另外一个箱子就麻烦了。应该先关上它，他来了就说不知道是谁的。想罢，特鲁法儿金诺便把相片胡乱放进一件衣服口袋里，手忙脚乱地将衣服放进箱子，把箱子锁好。

弗罗林多进来后还是看到了那个箱子，问是谁的，特鲁法儿金诺镇静地糊弄过去了。弗罗林多换下睡衣，穿上自己的黑背心，习惯性地将两手插进口袋里：“这是什么？”他从口袋里拿出了相片。

特鲁法儿金诺叫苦不迭，原来他放错相片了。

此刻，弗罗林多却处于震惊中：这是我的相片，我亲手把它送给了我深爱的彼阿特里切，可它怎么会……

“这张照片怎么跑到我的口袋里的？”

特鲁法儿金诺拼命开动脑筋，等到主人再问的时候便说，这是自己过去主人的，现在他已经死了，十几天前死的，也正因此，自己才成了弗罗林多的仆人。

听了特鲁法儿金诺的叙述，弗罗林多难过得战抖起来：彼阿特里切确实是女扮男装，难道她真的已经……

弗罗林多又问了特鲁法儿金诺一些问题，更确定此人就是彼阿特里切。弗罗林多惨叫一声，踉踉跄跄地跑回自己房间了。

看到主人绝望的神色，特鲁法儿金诺有点后悔：我编这些话为的是不挨打，我只是想把两个箱子的事糊弄过去，现在却惹了一身祸！难道他们俩认识？看他那么绝望……都怪这个箱子。这样想着，他便抱起箱子，想把它抱回屋去。

正在这时，彼阿特里切和巴达龙纳走进了客厅，他们正说着什么。彼阿特里切看到特鲁法儿金诺正吃力地搬着她的箱子往屋子里走，便叫住了他，吩咐他从箱子里找出记事本来对账。特鲁法儿金诺打开箱子，胡乱找了一下，便把一包东西递给她。

彼阿特里切打开一看，便愣住了，里面竟是她写给费罗林多的信。血一下子涌上了头，她急切地追问：“这些东西怎么会到我的箱子里？”

特鲁法儿金诺支吾着说，这是他自己的东西，因为怕丢了才放到主人的箱子里的。

“你的东西你怎么没认出来，反而交给我了？”

特鲁法儿金诺又如法炮制，说这是自己以前主人的东西，因为十来天前主人掉河里淹死了，他才拿到这包东西。

“天哪，你的主人叫费罗林多？”彼阿特里切脸都白了。

特鲁法儿金诺点点头。

“亲爱的费罗林多，我的未婚夫，让我和你一起去吧！”彼阿特里切顿时万念俱灰，掩面痛哭，痛斥上帝的不公平。接着她转身跌跌撞撞地回屋子了。

见此情景，巴达龙纳和特鲁法儿金诺突然明白了，原来这个“少爷”是个女人。

布里格拉一边走着一边招呼伙计们整理客房，当他走到彼阿特里切房间门口时，正好看到万念俱灰的彼阿特里切把短剑往脖子上抹。他来不及多想，就扑上去死死抓住她的手腕，阻止她的愚蠢行为。彼阿特里切拼命挣扎，两人就这样拉扯到了旅馆大厅里。而此时，大厅的另一端也在上演同样的场景：一个伙计正在奋力阻止想要自杀的费罗林多。两人同时挣脱了阻拦，各自举起手中的短剑……但一刹那，他们仿佛被施了定身术。

“费罗林多！”

“彼阿特里切！”

两人不约而同扔掉短剑，快步冲向对方，紧紧拥抱在了一起。经过这场生离死别，他们更加肯定彼此的重要性，确定两人再也不能分离。

等他们平静下来，周围已经没有人了。他们急切地想要知道对方的情况，于是互相询问起来。这下他们终于明白，这是他们的仆人对他们撒的弥天大谎。明白了这些之后，他们就请布里格拉帮忙找到他们的仆人，来个当面对质。

不一会儿，布里格拉就带着胆怯的特鲁法儿金诺来了。特鲁法儿金诺小心翼翼地在布里格拉身后露出半个头来。

“只找到了一个，另一个可能要等一会儿。”布里格拉转身走开，边走边想，另外一个我好像不认识，还要问问别人，看有没有人见过。

弗罗林多大声地呵斥特鲁法儿金诺：“你现在解释一下，为什么这些相片和书信都变了地方，你和那个骗子为什么要欺骗我们？”

特鲁法儿金诺一怔，但很快脑袋一转，就想出了一个计谋。他把弗罗林多从彼阿特里切那儿引开，神秘地对他说：“我跟您讲实话吧，这都是那位先生的仆人巴斯古阿列闹出来的。是他把东西放错了地方，然后恳求我为他保密，要不他的饭碗就要丢了。我一时心软，就编出了这么一套谎话。我万万没想到这相片是您的，也不知道那个人对您这么重要……早知如此，就是打死我，我也不会说这样的谎话的。”

“真该把你和巴斯古阿列两个都狠狠教训一顿。”弗罗林多相信了特鲁法儿金诺的话，愤愤地骂道。

彼阿特里切见他们在一旁说了很久，而自己什么也不知道，就气愤地朝他们走过去。弗罗林多正打算告诉她实情，特鲁法儿金诺赶紧拉住他小声说：“看在上帝的分上，请您千万不要把巴斯古阿列说出来。您可以把事情都推给我，甚至可以打我，但请您不要害巴斯古阿列。”

弗罗林多觉得特鲁法儿金诺很讲义气，于是让他去向彼阿特里切解释。

彼阿特里切等到特鲁法儿金诺走到面前时，忍不住埋怨他怎么跟弗罗林多先生讲了那么久。特鲁法儿金诺于是重复了一遍对弗罗林多先生说的谎话，把责任都推给了巴斯古阿列。就这样，弗罗林多和彼阿特里切都原谅了讲哥们儿义气的特鲁法儿金诺。一切误会就此烟消云散。彼阿特里切这时突然想起了克拉里切小姐，于是匆匆赶往巴达龙纳家。弗罗林多则因为有事在身，就说自己一会儿到。特鲁法儿金诺在服侍弗罗林多更衣时，恳求主人撮合他和巴达龙纳的女仆，弗罗林多因为心情愉快，于是答应了他的请求。

再说巴达龙纳，当他发现彼阿特里切是个女人后，就慌忙往家赶，要将真相告诉给自己的女儿。恰好在路上遇见西里维俄，巴达龙纳没再计较西里维俄之前的冒失，就把事情的真相告诉给了他，并重新决定把女儿嫁给他。西里维俄听后觉得羞愧难当，请求巴达龙纳原谅自己的鲁莽。巴达龙纳安慰他说，年轻人为了爱情难免会做出些傻事。西里维俄的一颗心终于落回肚子里，兴高采烈地跟着巴达龙纳回家去见克拉里切了，他要请求她的宽恕。

巴达龙纳回到家就开始劝说自己的女儿："不要固执了，克拉里切，西里维俄先生已经认识到了自己的鲁莽，现在他正在请求你的原谅。即使之前他那么做，也是因为太爱你。爸爸已经原谅他了，你也原谅他吧。"但不管父亲怎么劝说，克拉里切都低着头一言不发。西里维俄温柔地说："我对不起你，应该接受惩罚。但是上天让我们在一起的，你就接受这个恩赐吧！"

西里维俄的话也没有打动克拉里切。他们只好搬来救兵，请西里维俄的父亲罗巴尔弟博士、女仆斯米拉尔金娜轮流上前劝说，但克拉里切就是无动于衷。

西里维俄心里着急，就“扑通”一声跪在了克拉里切面前，请求她宽恕。克拉里切表面上虽然没有反应，但内心深处却翻江倒海。她的睫毛微微颤动，最终流下两行热泪，咬牙切齿地说了句：“你这个冷酷无情的人！”

大家此时不约而同地长出了一口气，因为大家都听出了话里的无限情意。所谓爱之深，恨之切，克拉里切已经打算原谅西里维俄了。

这时，彼阿特里切也赶到了巴达龙纳家。已经恢复女儿装的她，在众人面前公开了自己的真实身份，并且高兴地宣布，她已经找到了恋人。大家听了都为她祝福。

就在这时，弗罗林多和特鲁法儿金诺也来了。彼阿特里切就向众人介绍说，弗罗林多就是她的未婚夫。众人都对弗罗林多表示热烈欢迎。

特鲁法儿金诺进来后，向斯米拉尔金娜打了个招呼，表示他已经准备好向她求婚了。斯米拉尔金娜高兴坏了，为了确保不出差错，她请求克拉里切小姐向老爷求情，允许她嫁给彼阿特里切小姐的仆人特鲁法儿金诺。善良的克拉里切答应了她。

弗罗林多见巴达龙纳先生如此热情好客，就请他做媒人，要当场举行一个简单的结婚仪式。巴达龙纳听后欣然应允。于是弗罗林多和彼阿特里切并排站在巴达龙纳面前，巴达龙纳庄严地把两人的手放在一起。看着弗罗林多和彼阿特里切的双手幸福地握在一起，众人由衷地为他们感到高兴。

克拉里切和彼阿特里切拥抱在一起，西里维俄和弗罗林多也相互英雄相惜地拍着肩膀表示祝福。巴达龙纳看到大家幸福地聚在一起，便向大家宣布："上帝保佑，一切这么顺利，一天之内成全了两对有情人。"

此时，特鲁法儿金诺却急得抓耳挠腮。他悄悄把弗罗林多拉到一边，提醒弗罗林多不要忘记已经答应的事情，说完，指指斯米拉尔金娜。弗罗林多于是走到巴达龙纳面前，礼貌地说："巴达龙纳先生，请恕我冒昧，因为我还有一个请求。"

"请说吧，只要我能做得到，我一定帮忙。"

"我的仆人想娶您的女仆斯米拉尔金娜为妻，请您成全他们。"

"没问题。"巴达龙纳爽快地答应了，然后转身问斯米拉尔金娜，"你呢，你同意吗？"

斯米拉尔金娜还在纳闷，弗罗林多的仆人根本不认识自己，怎么会向自己求婚呢？冷不丁被主人一问，她都不知道怎么回答，只好无奈地说："不知道他人怎么样……"

弗罗林多打包票地说："他跟随我的时间虽然不长，但为人忠实可靠，聪明灵活。"

克拉里切此时也想起了斯米拉尔金娜托付给自己的事情，便笑着对弗罗林多说："弗罗林多先生，您动作还真快。我本想把斯米拉尔金娜许配给彼阿特里切小姐的仆人，但被您的仆人抢了先。那我就恭喜您的仆人啦！"

弗罗林多听克拉里切这么说，立刻谦让起来："别这样，既然您也有这个意思，就照您的意思办吧。"

“这万万使不得，我不能这么做，就按照您的意思办吧。”克拉里切连连摆手。

结果他们就互相谦让了起来，特鲁法儿金诺在一旁看着，急得满头是汗。他实在忍不住了，只好自己出马摆平了。于是他跳到众人中间，对弗罗林多说：“您要求斯米拉尔金娜嫁给自己的仆人，是吗？”弗罗林多点点头，心里奇怪，这不是你的要求吗？

特鲁法儿金诺又转向克拉里切，问道：“小姐，您是想把斯米拉尔金娜嫁给彼阿特里切小姐的仆人吗？”克拉里切答道：“确实如此。”特鲁法儿金诺一拍大腿：“这就好办了。”他向斯米拉尔金娜大喊：“还等什么，快把你的手递给我！”

大伙一听都愣了，不知他葫芦里卖的是什么药。

特鲁法儿金诺得意地向众人宣布：“你们说的人就是我！我既是弗罗林多先生的仆人，又是彼阿特里切小姐的仆人！”

“什么？”弗罗林多和彼阿特里切都震惊了。“你的仆人不是巴斯古阿列吗？”他们俩不约而同地一起问对方。话一出口，他们就明白了，原来他们都上了这小子的当。

大家哈哈大笑起来。在这幸福欢乐的时刻，弗罗林多和彼阿特里切决定既往不咎，原谅特鲁法儿金诺所做的一切。

特鲁法儿金诺这会儿也不担心挨打了，他紧紧拉着斯米拉尔金娜的手，得意地说：“我同时伺候两个主人，一开始是无心的，后来却变成有意的了。要不是因为这个姑娘，我还想继续伪装下去，看到底会发生什么事呢。唉，没办法，英雄难过美人关啊……”

说完，他拉着斯米拉尔金娜的手扬长而去了……

三　威尼斯商人

·作品评价·

《威尼斯商人》是莎士比亚早期的重要作品，是一部具有极大讽刺性的喜剧，大约创作于1596年。剧本的主题是歌颂仁爱、友谊和爱情，同时也反映了资本主义早期商业资产阶级与高利贷者之间的矛盾，表现了作者对资产阶级社会中金钱、法律和宗教等问题的人文主义思想。这部剧作的一个重要文学成就，就是塑造了夏洛克这一唯利是图、冷酷无情的人物形象。

莎士比亚（1564 年—1616 年）

英国文艺复兴时期伟大的剧作家、诗人，欧洲文艺复兴时期人文主义文学的集大成者，被誉为“时代的灵魂”。他一生共写有 37 部戏剧、154 首十四行诗、2 首长诗和其他诗歌。他的戏剧多取材于历史记载、小说、民间传说和旧戏剧等已有的材料，反映了封建社会向资本主义社会过渡的历史现实，宣扬了新兴资产阶级的人道主义思想和人性论观点。由于一方面广泛借鉴古代戏剧、英国中世纪戏剧以及欧洲新兴的文化艺术，另一方面深刻观察人生，了解社会，掌握时代的脉搏，故莎士比亚得以塑造出众多栩栩如生的人物形象，描绘出广阔的、五光十色的社会生活图景，并使之以悲喜交融、富于诗意和想象力、寓统一于矛盾变化之中以及富有人生哲理和批判精神等特点著称。他的代表作有四大悲剧:《哈姆雷特》《奥赛罗》《李尔王》《麦克白》；四大喜剧:《仲夏夜之梦》《威尼斯商人》《第十二夜》《皆大欢喜》；历史剧:《亨利四世》《亨利五世》《理查二世》等。马克思称他和古希腊的埃斯库罗斯为“人类最伟大的戏剧天才”。虽然莎士比亚只用英文写作，但他却是世界著名作家。他的大部分作品都已被译成多种文字，其剧作也在许多国家上演。

在风光旖旎的威尼斯有个年轻的商人，名叫安东尼奥。他因为踏实肯干、善于经营，因此事业不断壮大，逐渐拥有了一支庞大的，经常往来于印度群岛、墨西哥和英国等地的船队。安东尼奥没有一般商人的奸猾、狡诈，相反他品德高尚、心地善良，不管谁有困难，他都会鼎力相助。如果别人向他借钱，他本身没有，那他即使借高利贷也要帮助有困难的人，所以人们都很拥护他。当然，有一个人除外，那就是高利贷商人夏洛克。

夏洛克是犹太人，靠放高利贷发了财。他为人奸诈狡猾、残忍无情，往往做出落井下石的事情。面对越是有困难、着急用钱的人，他的利息就越高，条件也越苛刻。要是借钱人到期没还钱，他就会使出残忍的手段逼债。正是靠着这样的残忍，他变得越来越富有，穷人却越来越穷，因此没人喜欢他。但无奈的是，等到没钱的时候，穷人还是会去找他借钱。

这天，正当夏洛克得意于自己的放债手段时，安东尼奥来到了这里。夏洛克对安东尼奥一直心怀仇恨，因为人们在有困难的时候都去找安东尼奥帮忙，这让夏洛克不得不将利息压得很低以招揽生意，影响了收入。所以夏洛克在心中暗暗发誓，如果有一天安东尼奥落到自己手里，一定让他碎尸万段。而现在，机会来了。那安东尼奥又是为什么来借钱呢？事情还得从头说起。

原来安东尼奥有个名叫巴萨尼奥的朋友，他家本来挺富有的，但因为父母过世，再加上种种变故，家道中落了。巴萨尼奥是个书生，既不会种地，也不会经商，只能靠借钱维持生计。他一直羞于跟安东尼奥联系，但现在实在是急需一笔钱，才不得不开口向安东尼奥求助了。

巴萨尼奥的父亲有个好朋友住在贝尔蒙特。巴萨尼奥到贝尔蒙特后才得知父亲的朋友已经去世了，只留下一个独生女儿，名叫鲍西娅。鲍西娅的相貌倾国倾城，品德高尚，比起古代凯图的女儿、勃鲁托斯的妻子，鲍西娅一点儿都不逊色。而且鲍西娅的父亲死后给她留下了百万家业，由她继承。现在鲍西娅就在根据父亲的遗嘱挑选合适的夫君。许许多多王公贵族像是寻找金羊毛的伊阿宋一样，纷纷跑来向她求婚，然而有的是出于爱情，有的却是在图谋鲍西娅继承的大宗家产。

巴萨尼奥在父亲仍在世时，曾去过鲍西娅的家，他和鲍西娅有很多志同道合的地方，两人是一见钟情，都很迷恋对方。现在鲍西娅正在择婚，巴萨尼奥觉得如果自己前去，未必不会被绣球砸中脑袋。不过自己现在一无所有，有什么资本前去求婚呢？万般无奈之下，他只好前来求助安东尼奥。

巴萨尼奥把事情的大概情况跟安东尼奥讲了一遍，并对他说："安东尼奥，我已经欠了你很多钱了，已经不好意思再向你开口借钱了。但现在我急需一笔钱，万般无奈之下只好再次求助你了。如果你肯借我钱，让我跟那些求婚者角逐，我有把握赢得鲍西娅的芳心，你一定要帮助我啊！"安东尼奥很想帮助他，可现在也只能干着急，他想了想，就对巴萨尼奥说："巴萨尼奥，我的朋友，你知道，我全部的财产都投资到了那些船上。我现在只能靠我的信用去帮你借点钱，我这就去找那个放高利贷的夏洛克，用海上的货船担保。等我的那些船回来，即使他借钱的利息再高，也不用计较。我会尽量帮你赢得鲍西娅小姐的芳心。"

巴萨尼奥听后非常感动，一再地表示感谢，之后他们二人就分头借钱去了。

巴萨尼奥先在市中心的广场遇见了夏洛克，说要向他借三千块金币，借期是三个月，利息按夏洛克的要求计算。夏洛克开始并不理会巴萨尼奥的请求，巴萨尼奥越是说得恳切，夏洛克就越把嘴巴闭得紧紧的。直到巴萨尼奥说要由安东尼奥签立借据，夏洛克才开始有所松动。夏洛克心里暗暗高兴：原来安东尼奥也有今天！他不是一直在说我放债利息太高，不通人情吗？他不是一直在骂我为人连猪狗都不如吗？好，那今天就让我来好好整治整治他！这时安东尼奥也来到了市中心的广场，他看到了夏洛克，于是向他走来。

夏洛克先阴阳怪气地向安东尼奥打招呼："尊贵的先生，什么风把您吹来了？"

安东尼奥则不卑不亢地说："夏洛克，我虽然常借钱给别人，而且从来不讲利息，但今天为了解朋友的燃眉之急，我就破一次例，利息由你定，我来签约。"夏洛克表面上一直在听安东尼奥说，两只狡猾的眼睛一眨不眨地盯着安东尼奥的脸，心里却想：我终于找到了一个报复的机会，可不能白白放过，这次我决不能轻易饶了你安东尼奥。他故意重复地问道："三千块金币？借期三个月？由你安东尼奥签约？三千块，这可是笔数目相当可观的钱啊。三千块，三个月，一年按十二个月来计算——让我算算有多少钱……"

安东尼奥看不惯夏洛克贪婪、财迷的样子，就忍不住讥讽了一句："夏洛克先生，一定要好好算算啊，因为我这次真的要仰仗你了啊！"

夏洛克一听这话，就露出了本来面目，开始数落安东尼奥："安东尼奥先生，有好多次，您在交易所里骂我盘剥取利，我都忍气吞声，耸耸肩膀就过去了，不跟您争辩。您还曾骂我是一条野狗，要用脚踢我。我是不是应该真的如您所说，像是一条狗一样伏在您的脚底下，低声下气地求您，让您继续以前的那种'恩赐'呢？但您现在有求于我，为了报答您对我的臭骂和用脚踢我，我应该借钱给你吗？"夏洛克连珠炮一样地说道，两只眼睛被仇恨的怒火烧得通红，变得面目狰狞。

安东尼奥听后则平静地说："我现在照样想骂你、踢你，以后也是一样。这和借钱完全是两码事。你要是愿意借给我，就不要把它当作借给你的朋友，你可以把它当作借给你的仇人。如果我到期还不上，你只管拉下脸，按照契约上的条目来惩罚我吧。"

夏洛克一听这话，马上转变脸色，假惺惺地说："呦，瞧您这话说的，您别生这么大气啊！我愿意跟您交个朋友，友情为重嘛！您以前所有对我的羞辱我都可以忘记，您需要多少钱，我一定如数提供，而且不收你一个子儿的利息。"

听到这里，大家都不敢相信，这是那个卑劣的家伙开出的条件吗？太难以置信了！但夏洛克接着说："不过，安东尼奥先生，我们现在不妨来开一个玩笑，在契约里写明，要是您不能按照契约中规定的时间、地点，还给我一定数目的钱，就得随我的意，在您身上任何部位割下整整一磅肉，作为处罚。"

巴萨尼奥听到这样恶毒的条件，坚决不同意安东尼奥签约。

夏洛克听后大呼冤枉："如果他到期不能还钱，我从他身上割下一块肉来有什么好处？既不能卖钱，又不能吃。何况安东尼奥先生资产雄厚，怎么会还不上钱呢？我这么要求，只不过是想跟安东尼奥先生交个朋友。当然，你们愿意签就签，不愿意我也不勉强。”

安东尼奥听后笑了笑，说：“很好，就这么办，我愿意签约。我还要对别人说，您夏洛克先生并不是大家想象得那么坏心肠。”巴萨尼奥还在试图阻拦，安东尼奥却安慰他不要担心，说两个月内他的货船就会回来。只要货船一到，就可以按照契约上的钱数还给夏洛克，不会被罚的。于是安东尼奥按照夏洛克的要求，当着公证人的面，在契约上签了字。

之后，巴萨尼奥带着安东尼奥用生命做赌注借来的钱，在葛莱西安诺的陪同下，来到了贝尔蒙特，准备向鲍西娅求婚。在巴萨尼奥之前，已经有很多人来求过婚了，其中有那不勒斯亲王、巴拉廷伯爵、法国贵族勒滂先生、英国少年男爵福康勃立琪、德国少爷萨克逊的侄子、摩洛哥亲王以及阿拉贡亲王等。对于这些人，鲍西娅一个都没看上。那不勒斯亲王整日沉溺于自己的马，玩物丧志；巴拉廷伯爵每天郁郁寡欢，愁眉不展；法国贵族勒滂先生生性张扬，坏毛病一个都不少，好习惯一个都没有；英国少年男爵长相虽然英俊，但和鲍西娅语言不通，且品位奇特，装束古怪；德国少爷脾气暴躁……总之，没有一个人能入鲍西娅的法眼。而且，还有一件令鲍西娅感到不快的事儿，那就是她父亲在去世前曾经留下了遗言：前来求婚的人要在金、银、铅三个匣子中进行选择，只有选中了他预定的匣子，才可以和鲍西娅结婚。对于这，鲍西娅十分苦恼：这样的话，她就既不能选择自己中意的人，也不能拒绝自己厌恶的人。如果是这样，活着还有什么意思呢？

对于鲍西娅的烦恼，她的女仆尼莉莎深有体会。她安慰鲍西娅说：“好在现在这些人听说在选择之前要先发誓，如果选择错误的话，将终身不能婚配，很多人已经打退堂鼓了。他们纷纷询问有没有其他的方法能够得到小姐的应允，没有的话他们就要立即回国了。”鲍西娅一听这话，立即鼓掌欢呼，对他们的离去表示欢送。

不过，有两个人还是坚定地留了下来，一个是摩洛哥亲王，另一个是阿拉贡亲王。身材魁梧、面庞黝黑的摩洛哥亲王带着“不挟美人归，壮士无颜色”的决心和豪气来到鲍西娅面前。

鲍西娅按照惯例，对摩洛哥亲王说：“如果选择错误的话，你将终身不能婚配。如果现在放弃还是来得及的。”摩洛哥亲王却坚定地说心意已决，不需要再考虑了。鲍西娅只好带他来到三个匣子面前，接受命运的安排。

摩洛哥亲王最终选择了金匣子。他用钥匙打开一看，里面竟有一个骷髅头，空洞的眼眶里放着一张纸条，上面写着一首诗：

发闪光的不全是黄金，
古人的说话没有骗人，
多少世人出卖了一生，
不过看到了我的外形，
蛆虫占据着镀金的坟，
你要是大胆又聪明，

手脚健壮见识却老成，
就不会得到这等回音：
再见，劝你冷却这片心。

摩洛哥亲王看到这里，知道自己失败了，于是悲伤地向鲍西娅告别，转身匆匆走了。

鲍西娅看到走得决绝的摩洛哥亲王，心想要是所有人都像他这样知趣就好了。

之后阿拉贡亲王也选择了错误的匣子，同样也失败了。

到巴萨尼奥前去求婚的时候，已经有很多人要么打退堂鼓走了，要么最终失败了，所以人们纷纷猜测巴萨尼奥同样会失败：一个穷书生，还欠了很多债，鲍西娅怎么会答应呢？

但巴萨尼奥没顾虑这么多，他见到鲍西娅，坦白了自己的家境，并表示只要拥有一颗善良忠诚的心就一定会成功。鲍西娅对于巴萨尼奥本身就充满了好感，而且并不在乎对方是否家境优越，所以并不在意巴萨尼奥所说的一切。她现在只想巴萨尼奥赶紧去选择正确的匣子，那样他们就能终生相伴了。她想去暗中帮助他，可是这又违背了自己的誓言，是万万不能的。但是不在暗中帮忙，万一他选错了呢？那就意味着他们永远不能在一起了。鲍西娅实在不敢往下想，所以一直兀自矛盾着。

巴萨尼奥看穿了鲍西娅的心思，于是催促她赶紧带自己去选匣子。鲍西娅深情地望着巴萨尼奥的双眼，说：“如果你爱我，就一定可以选出正确的匣子。”

巴萨尼奥点点头，以坚毅的姿态，像年轻的赫拉克勒斯去拯救作为祭品献给海怪的处女赫西俄涅似的，义无反顾地前去接受挑战了。

巴萨尼奥看到了三只并排放着的匣子。第一只金光闪闪，上面写着一句话："谁要是选择我，将得到众人希求的东西。"第二只匣子银光熠熠，上面也有一句话："谁选择我，将得到他所应得的东西。"第三只则是用沉重朴素的铅做成的，上面有一句像铅一样冷峻的话："谁选择了我，必须做好牺牲一切的准备。"鲍西娅说这三只匣子中，有一只匣子里面藏有她的画像，谁要选中了藏有她画像的那只匣子，她就嫁给谁。

前来选择的人没有一个成功的，现在就要看看巴萨尼奥的运气了。鲍西娅此时的心情比巴萨尼奥还要紧张，她希望他选对，千万不要选错了！于是温柔地对巴萨尼奥说："不要着急，要认真挑选。但如果你选择错了，你就要马上离开这儿。这是我父亲生前的安排，我不能违背。"她踌躇了一会儿，又补充说："要不你过两个月再来试试，我真怕你选错了！"巴萨尼奥说："择日不如撞日，就今天吧！放心吧，一定没问题的！"巴萨尼奥将三只匣子挨个看了一遍：金匣子金光灿灿，银匣子银光闪闪，铅匣子黑气沉沉。他自言自语道："外观一般来说和事物本身的内涵并不完全相符，娓娓动听的言辞下，往往掩盖着卑鄙和邪恶。那些彰明较著的罪恶，却常常装出一副道貌岸然的样子。"他告诫自己，不要被表面现象迷惑。所以他看了看金匣子，说："炫目的黄金，米达斯王坚硬的食物，我才不要你！"于是将金匣子放下了。看到银匣子，他说："惨白的银子，人们手中肮脏的奴隶，我也不要你。"当看到那个铅匣子的时候，他说："寒碜的铅，虽然

外表不吸引人，但它的质朴却比巧妙的言辞更能打动人心。”于是他最终选择了铅匣子。鲍西娅走到巴萨尼奥身边，忐忑不安地看着巴萨尼奥打开匣子。在打开的那一瞬，鲍西娅所有的焦虑、绝望、紧张、不安、恐惧全都烟消云散了，因为匣子里面端放着的正是她的画像。

巴萨尼奥拿出一个纸条，上面写着一首诗：

你的选择不凭外表，
果然给你直中鹄心！
胜利既已入你怀抱，
你莫再往别处寻找。
这结果倘使你满意，
就请接受你的幸运，
赶快回转你的身体，
给你的爱深深一吻。

巴萨尼奥激动地回转身，给了鲍西娅深情的一吻。

鲍西娅对巴萨尼奥说，她多么希望自己能再拥有一千倍的美丽和一万倍的富有，只有这样，她才能配得上他。她还谦虚地说，自己没有上过多少学，懂得的礼仪技巧也不多，好在自己年轻，还有时间可以学。而且，她有一颗温柔的心，她愿意把它奉献给他，一切听从他的安排。她还郑重地说：“现在这座华丽的大厦和所有的奴仆都属于你了。”说完，她将一只戒指戴到巴萨尼奥手上，说：“凭着这个指环，你可以拥有一切。要是您让这个指环离开您的身边，不论是丢了还是送人了，都预示着我们的爱情毁灭了。”巴萨尼奥对所发生的一切充满了感恩，他对鲍西娅发誓说，只要他活着一天，就不会让这个指环离开他的手指。

围在一旁的葛莱西安诺和尼莉莎看到两人有情人终成眷属，都由衷地为他们感到高兴，一起鼓掌祝贺。这时候，葛莱西安诺向主人提议道：“我有个请求，就是到您结婚的时候，我想和你一起举行婚礼。”沉浸在幸福中的巴萨尼奥爽快地答应了，但条件是葛莱西安诺得找到自己中意的人。葛莱西安诺调皮地眨眨眼，笑着说：“我已经找到了，那就是美丽的尼莉莎。”原来尼莉莎和葛莱西安诺已经说好了，只要她的女主人肯嫁给他的男主人，她就嫁给他。鲍西娅回头用眼神向尼莉莎求证，尼莉莎羞涩地点点头。鲍西娅和巴萨尼奥高兴地说：“太好了，那现在我们就是双喜临门，喜上加喜了！”

正在大家为幸福和快乐陶醉时，一个人从外面跑进来并带来了一封信。巴萨尼奥打开信一看，脸都白了。信是安东尼奥写来的，信上说自己的货船全都在海上沉没了，他破产了。而现在借夏洛克的钱已经到期了，夏洛克一心想要他的肉，即使现在还钱，夏洛克也不要了。夏洛克还整天在公爵耳边唠叨，说如果不按照契约规定的条目惩罚安东尼奥的话，就辱没了威尼斯“自由邦”的圣名。公爵本人、十几个商人，还有其他一些有名望的绅士都曾经劝说过夏洛克，可夏洛克仍然一意孤行。所以，安东尼奥是真的在劫难逃了。

安东尼奥在信上说：“夏洛克若从我胸膛上割去一磅肉的话，我活下来的希望就不大了。你以前欠我的钱一笔勾销，从此不用再提起。但我临死前想见您一面，如果您因为新婚不忍离别，或者觉得没有必要的话，就不要勉强……”

巴萨尼奥看完信不觉悲愤万分，他对一脸疑惑的鲍西娅讲了事情的来龙去脉：从当初他如何向安东尼奥借钱，安东尼奥因为手中无钱只好向夏洛克借，以及如何立契约等，详详细细地说了一遍。鲍西娅听完心里急坏了，心想：这个夏洛克怎么这样坏？不就是三千金币嘛，至于这么对待别人吗？无论如何都不能让他伤害巴萨尼奥的朋友。想到这，她果断地说：“这样吧，现在你和我先到教堂里去结为夫妻，这样你就有支配我财产的权利了。然后你随身带着偿还那笔借款的二十倍的数目去威尼斯看你的朋友。等你还清债务之后，一定要把你的朋友带到这儿来，我和尼莉莎会在家里等待着你早日归来。”简单的婚礼仪式过后，巴萨尼奥就动身前往威尼斯了。

巴萨尼奥走后，鲍西娅还在想办法，想尽最大的努力去帮助丈夫的朋友，不能让他因为做好事而送了命。鲍西娅想起自己有个表哥名叫培拉里奥，他是个非常有名的法学博士。鲍西娅给培拉里奥写了一封信，把案情详细地告诉了他。一方面向他请教，另一方面则请求他给自己找一套律师服装，连同他的回信一起交给送信人带回来。鲍西娅还嘱咐送信人要以最快的速度将信送到，回来的时候不要先回家，而是直接把回信和衣服带到码头。之后鲍西娅打扮成律师，侍女尼莉莎则打扮成律师的秘书，二人装扮成年轻英俊的小伙子，一起赶往威尼斯法庭。

而此时，安东尼奥和夏洛克正在赶往法庭的路上，还有半个时辰，案件就要公开审理了。安东尼奥还在尽最大的努力，劝说夏洛克放弃那个可怕的坚持。结果夏洛克还是固执地坚持：“你曾经骂我是狗，既然我是狗，那就留心我的狗牙吧。公爵会还我一个公道的。”尽管众人都劝说安东尼奥，要他宽心，说公爵不会允许夏洛克割他的肉的。但安东尼奥知道，公爵不可能变更法律的规定，因为这样一来，一定会破坏威尼斯的正常法治秩序。他现在唯一的愿望就是能够在临死之前见一下巴萨尼奥。

很快，巴萨尼奥也到了法庭。他答应替安东尼奥偿还借款数目的三倍。只要夏洛克不从安东尼奥身上割肉，哪怕再加到二十倍，他也会答应。但狠毒的夏洛克意在借机惩治安东尼奥，所以坚决不收钱，而是一定要割安东尼奥的肉。

开庭后，公爵同情地对安东尼奥说：“我为你感到难过，安东尼奥。你现在要和一个凶残的人当庭对质。”

安东尼奥安慰公爵说不要为自己遗憾、难过，既然已经尽力了，一切就听天由命吧。公爵之后又和法庭上其他法官从仁慈的角度出发，反复劝说夏洛克收下三倍数目的钱。但夏洛克却不耐烦地说：“我的意思已经表达得很明确了。要是殿下不准备按照我的请求秉公处理，那就是在蔑视宪章。那么我就要到罗马去告状，请求他们撤销贵邦的特权。至于您问我为什么非要安东尼奥身上的肉，我只能说我也不知道为什么，只是因为喜欢。这是一种天性，没有任何理由可以解释。”旁听的人纷纷斥责夏洛克冷酷无情，夏洛克却丝毫不为所动。尽管巴萨尼奥答应还他九千块金币，他却说：“即使涨到六万块，我也只要求按照契约处罚。”

公爵听后也斥责夏洛克道：“你这样没有慈悲心，等你陷入困境时，还怎么指望别人帮助你？”

夏洛克却笑着说："按照契约，他身上的那一磅肉本来就是属于我的。我现在只是拿回属于我的东西，您要是拒绝我，那只能说明威尼斯的法令是一纸空文。"说着，他拿出早就准备好的、放在腰间的刀，在鞋帮上使劲磨了起来。

公爵看到这里，也很无奈地说："我已经派人去请著名的博士培拉里奥来替我审理这个案件了，但今天他要是不来的话，我就有权宣布延期判决。"

正在这时，鲍西娅穿着律师的服装，带着装扮成秘书的侍女尼莉莎，来到了法庭上。尼莉莎把培拉里奥博士写给公爵的一封信递了上去。公爵看到鲍西娅虽然举止优雅、气度不凡，但过于年轻，心中不免有点担心。但看到培拉里奥博士在举荐信上说：这位律师博士虽然年轻，但学识非常丰富，如果您同意他代我审理案件的话，我保证他一定能够胜任。培拉里奥博士如此不遗余力地举荐，也就打消了公爵的疑虑和担心。鲍西娅和公爵寒暄几句后，便坐上了庄严的审判席。

鲍西娅看到丈夫正焦虑地坐在安东尼奥身边，满脸痛苦。但他没有认出鲍西娅，因为他根本想不到鲍西娅会装扮成一个年轻律师前来审案。安东尼奥却镇静地坐在那里等待宣判，看样子他早已把生死置之度外了。狠毒的夏洛克则一面催促法庭赶快宣判，一面不住地磨刀，他看上去好像马上就要如愿了一样。

公爵小声问鲍西娅对于案件的详细情形是不是了解，鲍西娅点点头，并在审判方面，说了几句谦虚的话。于是审理开始了。

按照法律程序，鲍西娅核对了双方的姓名。然后，这位年轻的法学博士对夏洛克说："你这场官司打得有些奇怪。不过，按照法律规定，你的控告是可以成立的。”她又举着一张安东尼奥的借条，问道：“你承认这张借条吗？”安东尼奥平静地点了点头。

接着，年轻的法学博士劝说夏洛克应该仁慈一点。夏洛克蛮横地说：“为什么？又凭什么呢？”博士朗声说道：“仁慈不是出于勉强，它应该像甘霖一样从天而降。它不但给受施人以幸福，也同样给施与人以幸福。刑杖不过象征着世俗的权威，使人们望而生畏，但仁慈的力量往往高于权威。执法的人如果能把仁慈和公道结合起来，人间的权力就会和神力差不多。夏洛克，你虽然口口声声要求公道，可是，你想一想，要是真正像你所说的那样公道地执行起赏罚来，那谁也没有死后得救的希望。”最后她语重心长地说：“我说这番话，是希望你能做出几分让步。不过如果你坚持，那只好按照你的要求给那个商人定罪了。”尽管鲍西娅如此苦口婆心，夏洛克还是恶狠狠地说：“我坚持自己的要求——从安东尼奥身上割下一磅肉。”“他拿不出钱来还你吗？”鲍西娅问。这时候巴萨尼奥抢着说：“那笔钱我愿替安东尼奥当庭还清。照原数加倍也没关系，十倍、二十倍都行。甚至可以拿我的身体做抵押。要是这样夏洛克还不能满足，那就是在存心害人。那就请求法庭运用权力，稍微变通一下法律，别让这残忍的恶魔得逞！”“那可不行，”鲍西娅打断巴萨尼奥的话，“在威尼斯，谁也没有权力变更既成的法律。要是这次开了先河，那以后就谁都可以做坏事了，所以绝对不行！”夏洛克听了鲍西娅的话，赶紧竖起大拇指，称赞道：“博士，您真是明察秋毫，铁面无私。我对您简直佩服得五体投地。”接下来更是手舞足蹈，以为自己已经稳操胜券了。

鲍西娅之后拿出那张借约，仔细看了一遍，问夏洛克：“你真的不愿意拿三倍于原数的钱……”鲍西娅话还没说完，夏洛克就坚定地说：“是的。即使把整个威尼斯给我，我仍会坚持自己的请求。”

鲍西娅又劝了一次，夏洛克一如既往地坚持自己的请求。无奈，鲍西娅回过头去问安东尼奥，安东尼奥平静地说：“我诚心请求法庭从速宣判。”

鲍西娅最后宣布说：“好，那就按照夏洛克说的办吧！安东尼奥，请把你的胸膛裸露出来吧。夏洛克，你称肉的天平准备好了吗？”夏洛克听了这话，一边高兴地称赞鲍西娅主持公道，一边把事先准备好的天平拿出来。

鲍西娅对安东尼奥说：“商人，你还有什么话要说吗？”

安东尼奥转向自己的朋友巴萨尼奥说：“再见了，好朋友！不要为我而悲伤。回去替我向尊夫人问好。”听到这里，巴萨尼奥声泪俱下，他痛苦地说：“安东尼奥，我爱我的妻子，就像爱我的生命，可这些都没你的生命重要，我愿意用这一切去交换你的生命。”听到这里，鲍西娅说：“尊夫人要是听到这话，恐怕不会同意。现在我宣布，那商人身上有一磅肉是夏洛克的，法庭判给夏洛克。”夏洛克此时越发相信，鲍西娅是站在他这边的，对鲍西娅更加敬佩了。

就在夏洛克准备动手的时候，鲍西娅问他：“你事先找了一个外科医生吗？这样可以为他堵住伤口，防止因流血过多而死。”夏洛克没想到鲍西娅会提出这个问题，就反问道：“契约上有这样的规定吗？如果没有，我就不找。”鲍西娅说：“契约上确实没有这么写，但出于道义，你应该这么做。”夏洛克开始不耐烦了，于是高声喊道：“不要再浪费时间了，快宣判吧！”年轻的法学博士看夏洛克如此心急，于是说：“好吧，你现在可以从那个商人身上割一磅肉了。”夏洛克又一次高呼鲍西娅公正，跑过去就要动手。鲍西娅却把手一扬，说道：“且慢，我还有话要说。契约上写明了是割一磅肉，所以你可以拿一磅肉。但在割肉的时候，不能流一滴血；如果流了，那你的土地财产，按照法律规定，就要全部充公。”夏洛克一听，顿时傻眼了。他问道：“法律是这样规定的吗？”鲍西娅公正地说：“不信的话，你可以自己去查。因为你之前一直要求公正，所以我给你公正了，不管这公正是不是你要的。”法庭上下听此齐声欢呼起来。夏洛克慌乱地说：“那……那我还是接受他三倍的还款吧。”巴萨尼奥听夏洛克说要接受还款，就想把钱交上，但被鲍西娅拦住了：“夏洛克之前要求公正裁决。所以他现在除了按照契约执行以外，不能得到其他任何赔偿。”之后她催促夏洛克赶快动手，而且提醒他，割的肉不能超过一磅，也不能少于一磅。如果相差一丝一毫，就要拿他的命抵命，还要将他所有的财产全部充公。夏洛克听此彻底泄了气，惶然如丧家之犬似的央求道：“我不要三倍的钱了，只把本钱还给我就行了，让我走吧。”巴萨尼奥还想还钱，结果又被鲍西娅拦住了。鲍西娅说：“他已经当庭拒绝过了。现在不能给他一分钱，只能让他去割一磅肉。”夏洛克哭丧着脸哀求说，自己不再打官司了，也不要本钱了。鲍西娅冷笑着说：“这可不能由你说了算。威尼斯法律规定，凡是异邦人企图用直接或者间接的手段谋害公民，他财产的半数就应当归受害人所有，其余一半没收入公库。犯罪者的生命则听从公爵处置，其他人不得过问。夏洛克，你恰好触犯了这条法律，还是跪下来请求公爵开恩吧。”

夏洛克一听，吓得魂飞魄散，“扑通”一声跪下来，一句话也说不出来。

公爵说：“人都应该要有仁慈心，现在我饶你不死，但你的财产按照法律规定要一半判归安东尼奥，一半没收归公库。要是你诚心悔过，还可以减免你一笔罚款。”

夏洛克一听要瓜分他的钱，就好像被剜了心头肉一样难受。他赶紧请求法官对他从轻发落。法官于是征求安东尼奥的意见。安东尼奥见夏洛克可怜，就说：“只要夏洛克肯悔过，判归我的那一半财产我可以不要。不过他得立个字据，申明两点：第一，从今以后不再干害人的事；第二，他死后，这部分财产得由他的女儿和他女婿来继承。”对于这个结果，夏洛克心里舒服多了。

对于安东尼奥和巴萨尼奥来说，这场审判是以悲剧开始，几经波折，最终以喜剧结束，个中滋味真是一言难尽。而经历过这场波折，他们的友谊更加坚固了。

巴萨尼奥从内心深处感谢这位法学博士，非要给他留下点东西做纪念。博士百般推辞之后，只好盛情难却地答应了，最后“他”选中了巴萨尼奥的戒指。巴萨尼奥踌躇了，因为这戒指是鲍西娅送给他的定情信物，一再强调不能随意送人或者丢了，巴萨尼奥对此还发过誓。于是他找出各种理由搪塞，但博士却执意要这个指环，最终见巴萨尼奥不肯出让，很不悦地准备要走了。

博士的不悦让巴萨尼奥觉得很过意不去，毕竟人家帮了他大忙。安东尼奥不知道这个戒指的意义，也劝巴萨尼奥把戒指给博士。巴萨尼奥最后狠了狠心，终于把指环卸了下来，送给了博士。谁知，这时候博士的秘书也要葛莱西安诺手上的戒指做纪念。葛莱西安诺勉为其难，只好也把戒指送了出去。鲍西娅和尼莉莎完成了一件重要的事，心中感到十分愉快。两人一路商量，等丈夫回家时，要和他们开一个小小的玩笑。回到家中，她们换上原来的服装，等待丈夫归来。同时吩咐仆人，不要说出她们去过哪儿。

踏着皎洁的月光，巴萨尼奥和安东尼奥回到了贝尔蒙特。

鲍西娅愉快地迎接丈夫回家，并让尼莉莎准备酒菜为他们洗尘。巴萨尼奥向鲍西娅介绍了对自己恩重如山的安东尼奥。三人正在寒暄时，尼莉莎和丈夫葛莱西安诺却争吵起来。鲍西娅佯装生气地说："家里来了客人，你们不来招待，倒躲在那儿吵起架来，成何体统！"原来尼莉莎发现葛莱西安诺的指环不见了，就怀疑他送给了别的女人，而葛莱西安诺却一再声明自己送给了一个少年——法学博士的秘书。两人为此互不相让。

这时候鲍西娅批评葛莱西安诺，这是妻子送他的第一件礼物，怎么可以随便送人呢？还说她也曾经送给了巴萨尼奥一个指环，她可以替他发誓，他一定不会将它随便送给别人。

鲍西娅这段话，表面是批评葛莱西安诺，实际上是说给巴萨尼奥听的，还不时看一下丈夫脸上的变化。

巴萨尼奥被鲍西娅说得坐立不安，就在不知如何是好时，被批评得很委屈的葛莱西安诺道出了实情，说巴萨尼奥早已经把戒指给了一个法学博士。鲍西娅问巴萨尼奥是不是这样的，巴萨尼奥只好承认了。鲍西娅顿时大发雷霆，说原来巴萨尼奥是这样不重情义的人，竟然把戒指轻易就送给了别人。巴萨尼奥见鲍西娅真生气了，就诚恳耐心地跟她解释那个博士是如何帮了自己大忙。自己想要好好感谢他，结果人家只想要这个戒指，自己万般无奈之下，只好把戒指送给了他，并一再说，要是鲍西娅在场，也一定会赞成他这么做的。

安东尼奥此时也终于明白了这个戒指的含义，于是出来向鲍西娅道歉，并用自己的人格担保，巴萨尼奥绝对不是故意这么背信弃义的。

鲍西娅这时候对安东尼奥说："既然这样，那你就把这个给他，让他将它保存得更牢一点。"

巴萨尼奥见到戒指，惊得舌头吐出老长。

鲍西娅这才说出事实真相，告诉他审理案件的博士就是自己，而秘书则是尼莉莎，还有自己如何连夜赶往威尼斯，如何在培拉里奥的帮助下上演了一场好戏，并成功地救出了安东尼奥。

她同时带给安东尼奥一个好消息，说他的那些海上货船，最终战胜了险恶的风浪，现在已平安回到港口了。此时，众人面对着窗外，看着冉冉升起的朝阳，心中充满了爱和幸福。

四　费加罗的婚礼

·作品评价·

《费加罗的婚礼》是博马舍创作的“费加罗三部曲”中的第二部。这三部分别是《塞维勒的理发师》《费加罗的婚礼》和《有罪的母亲》。《费加罗的婚礼》又名《狂欢的一日》，把伯爵放在人民的对立面，暴露了贵族的腐朽堕落，同时也反映出强烈的反封建色彩，富有时代气息，风格明快幽默，情节曲折生动，以嬉笑怒骂的语言，突出强烈的喜剧效果，是作者最出色的代表作。

博马舍（1732 年—1799 年）

法国喜剧作家，出生于一个钟表匠家庭。曾在王宫任职。他受启蒙主义思想家狄德罗影响很深。22 岁时，发明了一种钟表擒纵机，后因专利问题诉讼，写了一系列辩驳性的文章，因此声名鹊起。他一生经历复杂，于 1767 年发表了第一个剧本《欧也妮》，1773 年起先后发表四部《备忘录》，戳穿封建法庭的黑暗内幕。代表作《塞维勒的理发师》和《费加罗的婚礼》是他的优秀作品。《塞维勒的理发师》因公开抨击当时的贵族政治，被禁演 3 年。《费加罗的婚礼》刚开始也因批评贵族而遭禁演。他晚期的作品有《有罪的母亲》，但其思想性和艺术性都不如前两部。

博马舍的喜剧标志着古典主义戏剧向近代戏剧的转变，对以后欧洲现实主义戏剧的发展做出了贡献。

在离塞维勒三里远的清泉府第里，一对年轻人正在喜气洋洋地忙碌着。机智乐观、多才多艺的费加罗正准备与伯爵夫人的使女苏姗娜结婚。费加罗是阿勒玛维华伯爵的随身侍从，他曾经靠着自己的机智和聪明，帮助伯爵冲破霸尔多洛的桎梏，让伯爵与罗丝娜结了婚。而苏姗娜是罗丝娜的第一使女，她美丽善良、冰雪聪明，深得罗丝娜的喜爱。

此时苏姗娜正在梳妆打扮，她头戴一朵橙色鲜花，鲜花衬托着她那张美丽白皙的脸，显得如出水芙蓉一般娇艳。

这时候准新郎正在用尺子丈量地板，并满心欢喜地看着伯爵赏给他们的床和房间。但费加罗并不知道这其中的阴谋诡计。原来，伯爵早已经厌倦了罗丝娜，他现在看上了准新娘苏姗娜，正在挖空心思想办法，企图偷偷恢复他在与罗丝娜结婚时宣布放弃的贵族对农奴新娘的“初夜权”。

而为了达到这个目的，伯爵委派费加罗为公文信差，这样好支开费加罗；又将自己和夫人卧室之间的一间大房间和一张漂亮的床赏给了费加罗。费加罗不明就里，以为这是伯爵诚心对待自己，于是心安理得地接受了这些礼物。他现在就是在布置自己的新房。

对于这间新房，苏姗娜却一点儿也不想要。费加罗非常不解：“为什么不想要呢？这间屋子正好在夫人和大人的卧室之间，他们要是有什么事，只要按一下铃，你就可以出现在他们面前。”“当然很方便了，如果大人按一下铃，打发你出去办点费时间的事，你前脚刚出门，他后脚就可以出现在我面前……”费加罗听了这些话，迷惑地看着苏姗娜。苏姗娜解释说：“阿勒玛维华伯爵已经厌倦了周围所有的姑娘，他现在看上了你的老婆，明白吗？”随后，苏姗娜将巴勒斯的话原原本本地告诉了费加罗。

原来，伯爵在娶到罗丝娜后，不久就厌倦了她，他很快就瞄上了苏姗娜，无奈苏姗娜一直跟夫人形影不离，所以伯爵一直没有机会下手。现在苏姗娜和费加罗马上就要成婚了，伯爵沮丧过后突然有了一个绝妙的想法。他让巴勒斯来当说客，劝服苏姗娜，答应给她丰厚的嫁妆，条件是要苏姗娜在入洞房之前偷偷与他幽会一刻钟，意思是要重新享受已经废除的初夜权。

苏姗娜的一番话犹如一盆冷水，将沉浸在喜悦中的费加罗彻底浇醒了，他果断地说："伯爵要是敢打这个鬼主意，我绝不会在他的庄园里和你结婚！"之后，费加罗决定要设计狠狠教训一下伯爵这个披着人皮的狼。

与此同时，另外一场阴谋也正在酝酿中，霸尔多洛和马尔斯琳这两个老奸巨猾的人走到了一起。霸尔多洛因为罗丝娜的事对费加罗怀恨在心，所以一直在伺机报复。而马尔斯琳则因为一直觊觎费加罗的帅气，想要将他占为己有。两个臭味相投的人就这样走到了一起，他们决定想办法破坏费加罗的婚礼。

对于这场阴谋，马尔斯琳表示志在必得，因为她掌握了苏姗娜的秘密——女人清白的名节。只要他们吓唬苏姗娜，说要将伯爵拿嫁妆和她做交易的事情抖出来，她因为羞愧难当，就会继续拒绝伯爵的要求。而伯爵因为不想善罢甘休就会反对她的婚礼，这样他们的目标也就达到了。

午后，伯爵夫人发现自己的发带不见了，就让苏姗娜去客厅找，苏姗娜正好遇见了伯爵的侍从武士薛侣班。薛侣班是个情窦初开的英俊男子，活泼多情，对尊贵温柔的伯爵夫人心仪许久。他伤感地对苏姗娜说他要离开这里了。苏姗娜很奇怪，不明白他为什么要走。薛侣班沮丧地解释，因为在费加罗的婚礼晚会上，苏姗娜的表妹芳舍特将要担任天真女郎的角色，为此他昨晚去她家里教她练习，结果被伯爵知道了。伯爵气愤至极，狠狠地对他说：“滚出去，从明天起，不许你再待在府第里！”

薛侣班对苏姗娜说：“苏姗娜，如果我那高贵的教母说服不了伯爵，那我就永远见不到你了。”他看见苏姗娜手里拿着个东西，便问那是什么。苏姗娜说这是夫人的发带，到了晚上会依偎着夫人的秀发。薛侣班一听，两眼放着兴奋的光芒，一把抢过来说：“把它给我吧，我的心肝呀，我把我的歌谱送给你。”“你以为你是在对芳舍特说话呢，你在她家里叫人家逮住，现在还跟我胡闹。”苏姗娜说着就想把发带抢回来。薛侣班见状赶紧跑开，两个人围着沙发就开始转圈。

就在这时，伯爵走了过来，薛侣班看到后，便像惊弓之鸟一样躲到了沙发后面。苏姗娜急中生智，走近沙发，挡住了薛侣班。

伯爵没有发现什么异常，他色眯眯地盯着苏姗娜，一步步逼近她说：“苏姗娜，你知道我有多爱你吗？巴勒斯难道没有告诉你吗？我多想跟你好好谈一谈啊……”

“我什么也不要听……”苏姗娜激动地说。

伯爵慌忙抓住苏姗娜的手：“有一件事我要告诉你。国王已经任命我为驻伦敦的大使了，我打算带着费加罗一起去。你作为他的妻子，当然也要随同了。”苏姗娜甩开伯爵的手，厉声说：“大人您别忘了，当初是你当众发誓要放弃贵族的特权的！”

伯爵不急不恼，依然柔声说：“苏姗娜，我现在十分后悔放弃那么可爱的权利。如果今晚黄昏时候你到花园来，我一定会好好报偿你那美妙的感情的……”

就在伯爵向苏姗娜大献殷勤的时候，门外传来了巴勒斯的声音：“大人不在家，我去找找看。”伯爵一听慌了手脚，转头就向沙发后面跑，苏姗娜怕伯爵发现薛侣班，便想拦住伯爵，结果被伯爵一推，刚好站到了伯爵与薛侣班中间。就在伯爵蹲下去的时候，薛侣班跳上了沙发，蜷伏在了沙发上。苏姗娜顺手拿起她带来的袍子盖在薛侣班身上，转身挡住了他。

两人藏好后，巴勒斯进了门。“咦，大人不在这里？”巴勒斯鬼头鬼脑地四处张望。

“真奇怪，他为什么会在我这里？”巴勒斯见屋里就苏姗娜一个人，便又趁机劝说苏姗娜接受伯爵的安排。但他所有的劝说，都被苏姗娜严词拒绝了。巴勒斯见软的不行，正好看见薛侣班丢下的歌词，就想来硬的。他诡笑着对苏姗娜说：“你知道这歌谱是薛侣班为太太编的吗？只要太太一出现，他的眼睛就像看到了价值连城的珠宝，一刻都不离开。他对太太的爱慕可是尽人皆知的事情，这要是给大人知道了……”

“什么，尽人皆知！我怎么一直被蒙在鼓里？！”伯爵听到这里，再也沉不住气了，便站起来问道。苏姗娜惊声尖叫起来。伯爵顾不上理会苏姗娜，气愤地说：“这个混账东西，昨天被我发现和园丁的女儿在一起，现在居然敢打太太的主意，真是无法无天了！”

苏姗娜惊讶地说：“昨天您去芳舍特的屋子了？”芳舍特现在还未成年，苏姗娜想到这里，不觉出了一身冷汗。

伯爵听苏姗娜这么一问，以为她吃醋了，便对苏姗娜解释说：“不是。昨天我去找你舅舅安东尼奥，敲了半天的门，芳舍特才神色慌张地打开门。我一边跟她说话，一边留心观察，结果发现门后有一堆东西，上面盖着衣服，好像有什么东西一直在动。我慢慢走过去……”伯爵一边绘声绘色地讲述，一边模仿当时的场景。“我轻轻地拿开那些衣服……”伯爵说着就拿开了沙发上的衣服，“我就看见了……”说到这里，伯爵戛然而止——薛侣班在衣服下面露了出来。

“又是你！你很擅长表演啊，这个把戏和昨天的一模一样，你怎么倒是一点也不改你的品行呢？”伯爵说着就将薛侣班按在了沙发上。薛侣班吓得一句话也说不出来。伯爵转身对苏姗娜说：“小姐，你刚订完婚就要招待我的侍从武士，这就是你不要别人和你在一起的原因？告诉你，我绝不能让我的费加罗成为这种欺骗行为的牺牲品。”苏姗娜觉得自己的尊严受到了侮辱，愤怒地说道：“这根本不是什么欺骗行为！你说话的时候他就已经在这里了。他本来是拜托我向夫人求情来的，恰好这时候你进来，他一慌就藏了起来。”

“好啊，你竟然偷听我们说话！你这个混账东西！”一想到自己对苏姗娜说的话被薛侣班听到，伯爵就觉得愤怒至极。“恰恰相反，大人，我是尽我的力量一个字也不听的。”薛侣班嗫嚅着，带着哭腔说。

“你现在赶紧给我走人！”伯爵咆哮着对瑟瑟发抖的薛侣班说。然后转身对苏姗娜恶狠狠地说：“你也别想和费加罗结成婚！”

就在这时，一大群人拥进了客厅。为首的是费加罗和伯爵夫人，他们身后跟着许多穿着白色衣服的仆人和乡下男女。费加罗手里拿着一顶装饰着白羽毛和白丝带的花冠，它象征着处女的贞操。费加罗对伯爵和夫人说：“大人、太太，正是因为你们的贤明才废除了贵族独享的初夜权，保全了我的新娘的贞节。所以我特地前来庆祝一下，带着他们一起来赞颂你们无上的美德。大人，现在就请你为我的新娘戴上这顶处女冠吧，它正是你心地纯洁善良的标志啊！”伯爵夫人十分乐意地点头表示同意。伯爵则窘迫至极地站在那里，他一直在处心积虑地想要赎回那个权力，怎么可能轻易答应呢？他在心里一直骂费加罗诡计多端，但当着这么多人的面，他又要保全自己的体面，于是无可奈何地百般推辞着。

“大人！大人！”众人一起催促道。

“大人，您为什么不接受众人感激涕零的赞颂呢？”苏姗娜微笑着对他说。

“我也加入他们一起请求，伯爵，这个仪式对我来说，是值得永远纪念的，因为这是你基于对我的真情才做出的决定。”伯爵夫人也附和着说道。

被逼得没有退路的伯爵只好违心地回答夫人：“出于我对你的爱情，太太，我同意了。”

听伯爵这么说，所有人都欢呼起来，客厅一下成了欢乐的海洋。只有一个人在偷偷哭泣，那就是薛侣班。伯爵夫人不知道是怎么回事，苏姗娜便将事情的原委告诉了她。夫人向伯爵求情，伯爵开始的时候不答应，但后来薛侣班灵机一动，对伯爵说：“我虽然举止轻浮，但我绝对不会乱说话……”这句话别人不知道什么意思，但伯爵心里清楚。薛侣班人小鬼大，他是在暗示伯爵，如果伯爵赶他走，他就会把他听到的话全抖出去。伯爵只好退让一步，任命薛侣班为军队连长，让他立即动身前往加泰隆。薛侣班尽管百般不愿意，但这样总好过自己离开，于是依依不舍地与众人拥抱着告别了。

费加罗心里清楚，尽管伯爵当着众人的面答应了他的请求，但事情还没有结束，他和伯爵的“战斗”才刚刚开始。等众人散了后，费加罗叫住薛侣班，在他耳边交代了一下。薛侣班会心地点点头，跑了出去。

苏姗娜陪伯爵夫人回到卧室，将伯爵引诱自己的话全部告诉了伯爵夫人。夫人想起伯爵昔日追求自己时许下的诺言，不禁黯然神伤起来。她觉得是自己太过百依百顺了，才导致这种局面的出现。所以她决定跟苏姗娜和费加罗站在一起，阻止伯爵的丑恶计划，给他一个教训。于是，趁着伯爵出去打猎的机会，他们仨商量起计策来。

费加罗胸有成竹地说：“我们现在要像伯爵一样，开始有条不紊地行动，让他也担心一下自己的事情。”

苏姗娜和伯爵夫人焦急地问道：“那我们该怎么办啊？”

费加罗知道，伯爵既爱妒忌又爱面子，对付这种人，最好的武器是女人。所以他想了一个办法来刺激伯爵——他托人交给巴勒斯一张匿名纸条，让巴勒斯告诉大人，有个人要和夫人约会。这一定会让伯爵气得冒烟，到时候再用一个计谋，就能牵着伯爵的鼻子走了。费加罗将自己的计划对苏姗娜和夫人说了，没想到却遭到了夫人的反对，她说：“你为什么要无中生有，来诽谤我这样一个贤德的女人呢？”

“您不要着急，先听我说。我们这样做会让伯爵一整天心都是七上八下的，他本来想要和我的未婚妻共度美妙时刻，但还要担心自己的太太……而这时候苏姗娜你要对大人说，你同意黄昏时候的约会……”

苏姗娜白了费加罗一眼，说：“非要这样做不可吗？”

“你放心吧，我会让薛侣班穿上你的衣服，然后趁他们约会的时候，一把抓住他。这下子伯爵就没有办法抵赖了。”

就在伯爵夫人还惊讶于薛侣班没有走的时候，薛侣班走进了伯爵夫人的房间。于是苏姗娜和伯爵夫人开始为薛侣班装扮起来。夫人发现薛侣班胳膊上有伤，就开始帮他包扎伤口。苏姗娜说要去找几件自己的衣服来，看哪一件衣服更适合薛侣班，说完就走了出去。

就在两人等着苏姗娜的节骨眼上，门外响起了一阵急促的敲门声：“快开门，夫人，你干吗把自己锁在里面啊？”

“天啊，是伯爵！”伯爵夫人惊慌失措地站起身。薛侣班此时没穿外衣，脖子、胳膊都光着，屋里就他们俩，到处乱糟糟的，要是这种情况被伯爵看到，他的醋劲儿……

“快开门，怎么还不开门?！”伯爵在外面怒气冲冲地继续捶着门。

“啊，他会杀了我的！”被吓蒙的薛侣班一溜烟跑进了梳妆室，关上了门。伯爵夫人赶紧拔掉了梳妆室的钥匙。

待她慌慌张张地开了门，伯爵早已经很不耐烦了，他声色俱厉地说：“你在里面干什么？你为什么要把自己锁在里面呢？”

伯爵夫人语无伦次地说：“我……我正在梳妆打扮……苏姗娜她回自己的屋子去了。”

伯爵疑惑地看着伯爵夫人："是不是有什么事，你的脸色、声音全变了？"

夫人目光闪烁，下意识地说："没有什么事啊，我也没觉得我有什么变化。对了，我刚才还和苏姗娜说起你呢……"

听到这里，伯爵气愤地说："刚才有人交给我一张小纸条，上面写着一些话，我虽然不相信，可……可是我还是有点儿不放心。"这时薛侣班在梳妆室里不小心弄翻了一张椅子。"什么声音？"伯爵警觉地看着梳妆室。

"有声音吗？我没听见啊！"

"梳妆室里有人！"

"有人？怎么会？……哦，对了，那是苏姗娜，她……她在里面收拾东西呢。"

"苏姗娜？你不是说她回自己屋了吗？"

夫人慌不择言地说："也许，也许她又回梳妆室了呢。"

伯爵更加怀疑，所以决定到梳妆室看个究竟。夫人一着急就随口编了几句话来应付伯爵："不！你不能进去！她现在正在光着身子试衣服呢！刚才听见你敲门就躲了起来。"

伯爵还是不相信："要是苏姗娜的话，至少应该答应一声的。"然后伯爵朝梳妆室喊道："苏姗娜，你在里面吗？"

伯爵夫人激动地喊道："你太过分了！居然这样怀疑自己的妻子！苏姗娜，我不允许你回答，从来没有人像他这样专制！"伯爵推开阻拦自己的夫人，说："我倒要看看那个神秘的苏姗娜究竟长什么模样！"

伯爵一拧那个门把手，发现门竟然上了锁。"不要以为一

个小锁就能够难住我，要知道，只要一把小锤子就可以解决一切问题。”

伯爵转身想去找锤子，想了想，带上了夫人一起去找锤子，他是怕夫人趁他不在搞猫腻。夫人无奈，只好跟着伯爵一起走了。

这时候，一直躲在一边的苏姗娜跑了出来，对着梳妆室喊道：“薛侣班快开门，我是苏姗娜。”苏姗娜进去后，薛侣班从窗户逃走了，苏姗娜则将梳妆室的门重新锁好了。

伯爵提着锤子和夫人一起回到了卧室。伯爵警觉地打量了一下四周，觉得四周没被人动过。而夫人越是掩饰，就越让伯爵觉得可疑。夫人决定将事实告诉伯爵，于是就说：“是薛侣班待在里面呢，我们正在准备玩一个游戏，薛侣班没穿外衣，光着胳膊……”伯爵听到这里，更加怒火中烧，他大声骂夫人是贱女人，而自己一定要剥了薛侣班的皮。伯爵一边骂着夫人，一边怒气冲冲地打开了梳妆室的门。

出乎伯爵的意料，苏姗娜笑吟吟地从里面走了出来，学着刚才伯爵的语调，说：“我非剥了他的皮！”伯爵愣住了，夫人也愣住了。但伯爵根本不相信眼前的事实，执意走进梳妆室要查个究竟。苏姗娜乘机跑到夫人身边，轻声说：“您放心吧，太太，他已经逃得远远的了！”

夫人按着胸口，长舒了一口气。她马上调整心绪，准备继续“迎战”伯爵。

伯爵惶恐不安地走出梳妆室，百思不得其解地说：“难道真的是我错了？夫人，你为什么要和我开这么大的玩笑呢？”

夫人显得非常委屈，她一边抹眼泪，一边说："只有您才敢把我当成胡乱猜疑、随意辱骂的出气筒！难道我嫁给你就是为了当一个被人遗弃的牺牲品吗？"

"太太，我刚才的行为确实非常过分，我请求你的原谅。"

夫人转过身，一边对苏姗娜使眼色，一边说："你刚才的举动还值得我原谅吗？"

苏姗娜在一边帮腔道："真该让大家都来看看你是怎么对待夫人的。"

伯爵责怪苏姗娜道："你这个死丫头，我刚才叫你，你怎么不快点出来！"

苏姗娜反应灵敏地说："我……我要穿衣服啊，上面有好多别针。而且……而且夫人也不让我出来啊……当然，她是有自己的道理的。"伯爵语气软下来，让苏姗娜帮自己劝劝夫人。但夫人依然满脸泪水地不理睬自己的丈夫。"都是我的错，夫人，你一定要原谅我。都怪那张可恶的纸条，它把我气糊涂了。"看伯爵那副可怜的样子，夫人心软地说："可不是我让人家写那张纸条的。"

"什么？你知道这件事？"

"还不是费加罗那个冒失鬼……"夫人话还没说完，就意识到自己说漏了嘴。

"原来又是他在使坏！我非找他算账不可！"

夫人见状说："如果你要我原谅你，你也得原谅费加罗。"伯爵夫人说着把手伸向伯爵，伯爵握住夫人的手热烈地亲吻起来。

就在这时，费加罗气喘吁吁地跑过来，说要看望一下太太。

伯爵冷眼看着费加罗，跟他要纸条上的人。开始的时候，费加罗还想抵赖，但听苏姗娜和夫人说事情已经说出去了，只好承认了。伯爵刚想追究，夫人连忙说婚礼已经基本就绪，现在需要伯爵过目，才将事情压了下去。

苏姗娜趁机向费加罗打听薛侣班的情况，却听费加罗说薛侣班受伤了。

就在众人准备出去的时候，园丁安东尼奥端着一盆被压坏的丁香花走了进来，大声地叫着："大人！大人！"

伯爵站住脚，喝得半醉的安东尼奥一边心疼地拨弄着丁香花，一边诉苦："这些仆人真不像话，什么都往下扔，刚才居然还扔下一个人来，看把这花压的……"

苏姗娜在一边悄悄地扯了一下费加罗的衣袖，费加罗赶紧打岔："你是不是喝醉了，安东尼奥，怎么在胡说八道呢？"

安东尼奥摇摇头，赶紧说："我没有胡说八道！刚才就是扔下了一个人……"

伯爵冲过去，摇着安东尼奥的肩："什么，你说这个窗户里扔下了一个人？你看清楚了吗？"

"是啊，一个穿白短褂的人，跑得飞快。不过没有看清楚……"

费加罗一边笑，一边说："为了一盆花至于这么大惊小怪吗？不用大人找了，跳下去的人是我。刚才我在女佣房里等苏姗娜，听到大人和夫人的争吵声，因为我身上有这张纸条，担心引起麻烦，所以我就跳窗逃跑了。"

安东尼奥听完之后说："既然是这样，那这张破纸还给你，这是从你身上掉下来的。”

费加罗正要接，被伯爵抢了过去：“我先看看！”然后伯爵问道：“既然是你的纸条，那你说说上面的内容是什么。”在伯爵夫人和苏姗娜的帮助下，费加罗侥幸地逃过了这关。伯爵尽管知道这里面有“不可告人”的秘密，但因为抓不到把柄，也只能暂时罢休了。

但伯爵刚走到客厅就被马尔斯琳拦住了，她说费加罗曾经向她借钱，现在还没还，而借款的条件则是娶她为妻，并且有证据。马尔斯琳委屈地恳求伯爵一定要替她做主。

伯爵表面上不动声色，心里其实早已经乐开了花：报仇的机会终于来了，看你小子还怎么结婚！

很快，客厅就被布置成了临时法庭。在家仆、众乡亲的注视下，伯爵庄严地走到主审官的位置上宣布开庭。

霸尔多洛作为马尔斯琳的辩护人，拿出一张字据，念道：“立字据人在清泉府第收到马尔斯琳女士两千比亚斯特。条件是按时还钱，并且娶她为妻。”

对此，费加罗提出了异议。他说当时字据上写的不是“如数偿还借款，并娶她为妻”，而是“如数偿还借款，或娶她为妻”。

但因为字据上那个关键字上正好是一团墨迹，看不清到底是什么，霸尔多洛和费加罗各执一词，吵了起来。

伯爵貌似公正地说：“两种要求同时提出，很明显不符合逻辑。”就在费加罗窃喜的时候，伯爵宣布道：“法庭宣判被告还给原告两千比亚斯特，否则，今天就娶她为妻。退庭。”

费加罗脑袋“嗡”一下就炸开了，他就是倾家荡产也拿不出这么多钱啊！但费加罗马上就镇静了下来，他根据自己的身世编了一套谎言，说自己出身于贵族家庭，但从小就被人拐卖了，多年来一直没有和父母联系上，现在没有父母的同意，怎么能娶马尔斯琳为妻呢？为了证明自己所说不假，他撸起袖子，露出了胳膊上的胎记。

就在这时，只听“啊”的一声，马尔斯琳激动地跑过来拥抱费加罗。原来，费加罗正是马尔斯琳和霸尔多洛失散多年的孩子。费加罗终于找到了自己的亲生父母，不禁抱头痛哭起来。

伯爵夫人只知道法庭宣判要费加罗偿还债务，于是就叫苏姗娜赶紧送钱过来。苏姗娜气喘吁吁地跑进来时，看到的正是费加罗和马尔斯琳拥抱在一起的情景。苏姗娜转身想走，费加罗一把抓住她，告诉了她事情的真相。

客厅边的一间厢房是费加罗和苏姗娜要举行婚礼的地方。此时这里被布置得焕然一新，烛光映着娇艳的鲜花，芳香的气味萦绕在四周。面对这良辰美景，费加罗深深地陶醉了。自己既找到了失散多年的父母，又拥有了苏姗娜这样的可人儿，还有什么必要惩罚伯爵呢？所以他决定放弃。

但伯爵夫人并不打算放弃，她要借这个机会唤醒伯爵对她的爱，拯救自己的幸福。

伯爵夫人找到苏姗娜，让她给伯爵写了一封信，约他结婚典礼后在花园里的大栗树底下见，并用别针做答复。这次去赴约的不是薛侣班，也不是苏姗娜本人，而是伯爵夫人。这件事只有她们俩知道，甚至连费加罗也不知道。

夜色阑珊，灯火辉煌，费加罗的婚礼正式开始了。府第里所有的人和附近的乡亲都穿着节日的盛装，聚集在了结婚礼堂里，伯爵和夫人则充当证婚人的角色。

伴着音乐声，一对漂亮的花童手捧花冠、头纱走了进来。苏姗娜在舅舅安东尼奥的陪同下，费加罗在母亲马尔斯琳的相伴下，缓缓走进了结婚礼堂。

《西班牙的狂欢》交响曲奏起来了，人们敲着响板，跳起了弗拉明戈舞。苏姗娜在伯爵面前跪下，伯爵替她戴上白色羽毛的花冠，披上头纱，把花束交给她。在伯爵为她戴花冠时，苏姗娜悄悄地把手里的信交给了他。费加罗一点也没有察觉，他微笑着将新娘从伯爵这里带走，来到了大厅的另一端。

众人还在高兴地玩着跳着，伯爵趁大家不注意来到了大厅的暗处，迫不及待地掏出信。结果被别针狠狠地扎了一下，痛得他直甩手，一边骂女人该死一边看信，都顾不上吮手指了。看完信，伯爵脸上露出了满意的笑容。他在地上找了半天，终于找到了那枚被自己甩掉的别针，将它别在袖口上。然而，这一切都被暗中窥视的伯爵夫人和苏姗娜看到了，她们彼此会心地相视一笑。而看到这一切的还有两个人，就是费加罗和他的母亲。

伯爵重新回到人群，他在费加罗与苏姗娜的结婚证书上签完字，就站起身，说自己要休息一小时。伯爵刚想离开，就听一个仆人对费加罗说："有人吩咐我，要我在大栗树底下布置烟火……"伯爵便敏感地问："谁吩咐你这么干的？""这有什么不好吗？"费加罗疑惑地问。伯爵激动地大声说："太太不舒服，怎么能让她站在外面看烟火？在阳台上放，对着她的屋子。"而这时候，伯爵夫人和苏姗娜也一起换衣服去了。

伯爵走后，芳舍特东张西望地走了过来。费加罗打趣道："小表妹，你在找人吗？薛侣班可不在这儿哦。"芳舍特小嘴一噘，说："我才不是找他呢！"

"那你找谁？"

"找我表姐啊，我有东西要给她。"

"哦？什么东西？"

"本来不应该告诉你的，但看在你是我表姐夫的分上，我就跟你说吧。"费加罗一听芳舍特要将一个别针给苏姗娜，立即想起了刚才看到的伯爵袖口上的别针。他使劲抓着芳舍特的手，问是不是别人让她将这个别针还给苏姗娜的。芳舍特委屈地说，伯爵让她将别针还给表姐，告诉她这是大栗树的回答，还嘱咐她不能让别人看到了。

此刻，费加罗全身的血往上涌，对母亲喊："苏姗娜欺骗了我！"马尔斯琳笑着对自己的孩子说："傻孩子，你怎么知道苏姗娜骗的是你，而不是伯爵呢？我相信苏姗娜的为人。"

费加罗听这话后茅塞顿开，他兴奋地对母亲说："谢谢你，母亲，我知道该怎么做了！"

月光皎洁，凉风习习，此时的花园只听得见虫鸣和潺潺的流水声。一棵高大的栗树两边，两个凉亭静静地矗立在黑暗中，只看得出黑黑的轮廓，仿佛一幅生动的剪纸画。

费加罗召集了一大群仆人来到伯爵府第的花园里，他对大家说，只要他一声令下，众人就要冲出去，把栗子树下照个灯火通明，到时候就有热闹看了。

不一会儿，伯爵夫人、苏姗娜和马尔斯琳向栗子树这边走来。夫人戴着苏姗娜的白色花冠，并穿着她的新娘礼服，苏姗娜则盘着夫人的发型，穿着夫人的丝绸长袍，夜色下根本分不清楚谁是谁。马尔斯琳告诉她们费加罗会来，要她们小心一点，然后躲进了凉亭，等着好戏开场。

苏姗娜高声说："夫人，晚上空气凉，我看您还是先回屋子里去吧。"

夫人高声答应了。苏姗娜说："那我去树底下呼吸一点新鲜空气去了。"

"你去吧！"

"夫人"假装离开，躲到了一丛灌木后面，只剩下"苏姗娜"一个人站在那里。

这时候，穿着华丽服装的伯爵来到了大栗树下，他看到戴着白羽毛花冠、穿着新娘礼服的"苏姗娜"已在那儿等候，心里万分高兴。"收到你那封巧妙的信，我的心充满了快乐。"伯爵说着，抓住"苏姗娜"的手："多么细嫩，多么柔滑的手啊！夫人为什么没有这样的手呢？"

伯爵夫人又好气又好笑，她模仿苏姗娜的声音说："那您怎么看待爱情呢？"

"爱情？那不过是虚无缥缈的幻想罢了，而快乐才是实实在在的东西。苏姗娜，你让我觉得快乐无比，是快乐指引我来找你的！"

"那您不再爱夫人了吗？"

"爱，当然爱。但婚姻生活已经让我们相敬如宾，没有激情了。"

“您以前喜欢她什么啊？”伯爵夫人一心想知道为什么丈夫会对自己失去兴趣，准备打破砂锅问到底。

伯爵把“苏姗娜”搂在怀里，贪婪地抚摸着说：“是一种感觉，一种既有距离，又有拒绝，既神秘又刺激的感觉。也许是因为所有的太太都对自己的丈夫百依百顺吧，因此丈夫们才觉得单调乏味，觉得没有了欲望。”

“原来是这样啊！我明白了！”伯爵夫人不快地说。

伯爵没有察觉到“苏姗娜”的不高兴，他拿出一袋金子和一颗钻石戒指，说：“原本我以为我已经没有这样的机会了，但现在你慷慨地将这个机会重新赐予了我，感谢你，苏姗娜。为了报答你的美意，我将这些东西全都送给你！”

伯爵夫人向伯爵行个礼，说：“苏姗娜全部接受。”

大栗树下的对话全被费加罗听见了，费加罗大骂伯爵不要脸。另一边的苏姗娜则高兴地说：“这下我们可发财了。”

伯爵见“苏姗娜”收了礼物，就拉着她往凉亭走去。“苏姗娜”假装犹豫地说：“那边好黑啊！”

伯爵拉着她的手，说：“我们又不是去念文章，要光亮干什么啊？”

眼看着伯爵就要得逞，费加罗忍无可忍地从灌木丛中跳了出来。

伯爵听见脚步声，问是谁。费加罗一说话就被伯爵认了出来，伯爵慌不择路，一头扎进了树林，伯爵夫人则进了右边的凉亭。

这时候苏姗娜走出凉亭，她决定给费加罗一个教训，便用伯爵夫人的语调喊:“谁在这儿走路?”“伯爵夫人!”费加罗激动地叫道:“我一直认为我的新娘苏姗娜是正经人,没想到一切只是装出来的。她现在就和伯爵藏在亭子里面,我去叫人来。”

“别叫!”苏姗娜慌忙掩住费加罗的嘴,阻止了他。但她也忘了要学夫人的声音。费加罗闻到了一股熟悉的香味,再加上刚才的声音,他心里明白了:这一个才是自己的苏姗娜。

费加罗也打算戏弄一下苏姗娜,就说:“夫人,那样的人就要好好治治,我看现在最好的方式就是以其人之道还治其人之身……”苏姗娜一听,怒火中烧:“如果这样的报复没有爱情,又算什么啊?”费加罗坏坏地说:“谁说没有爱情呢?只不过平时爱情被尊敬掩盖了。”然后费加罗夸张地跪在地上,大声喊道:“太太,我爱您!”

只听“啪”的一声,费加罗脸上挨了一巴掌。他一边抓住苏姗娜再次打过来的手,一边说:“苏姗娜,你应该好好看看这个被老婆打的最有福气的人。”

苏姗娜娇嗔地说:“原来你已经认出我了!还故意装作不认识,看我怎么收拾你!”说着就要拧费加罗的耳朵。费加罗着急地问:“这一切到底是怎么回事?难道你扮成夫人,夫人扮成你?”

苏姗娜点点头。

就在这时,伯爵在黑暗中摸索半天后走了出来,他一边走一边低声呼唤苏姗娜的名字。费加罗和苏姗娜决定将计就计,于是费加罗对苏姗娜说:“夫人,感谢你前来赴约,你要好好补偿今天我跳窗子时受的伤害……”

伯爵循声望去，只见朦胧的月色下，一个男人正跪在自己夫人脚下。他心中的妒火一下子被点燃了，伯爵愤怒地扑过去，抓住了费加罗的胳膊，喊道：“恶棍，原来是你！来人呀！”

听见伯爵的呼喊，费加罗带来的仆人都打着火把跑了出来，火把把周围照得灯火通明。伯爵一看自己抓的人是费加罗，就问他逃进凉亭的人是谁。“是一个对我另眼相看的年轻女人。”费加罗冷冷地说。众人一听，都以为费加罗和夫人真有一腿，不觉发出了一声感叹。

伯爵见费加罗这么嚣张，就愤怒地说：“难道你不知道这个女人已经和别的男人有关系了吗？”

“我知道有位贵族非常照顾她，但现在她已经忘了这个人。她现在更喜欢我，所以今天特别垂青于我。”

伯爵不顾一切地冲进亭子，抓住一个人就往外拖：“今天就让一切大白于天下，我倒要看看，她怎么垂青于你！”而此时的伯爵则想道：自己终于摆脱这段恼人的婚姻了。

伯爵拉着垂着头的“夫人”，对众人说：“诸位，你们说我应该怎么惩罚这个下贱的女人？”

“夫人”低头跪下，默默请求伯爵的原谅。面对“夫人”的哀求，伯爵不予理睬。随后费加罗也跪下了，伯爵还是不理睬。接着全体家仆都跪了下来，伯爵坚决地说：“就是一百个人跪下我也不会心软的。”

这时身穿苏姗娜衣服的伯爵夫人从另一边走了过来，跪在伯爵面前，说：“那我也来凑个数吧。”

伯爵听见熟悉的声音，定睛一看，原来这才是夫人，而另一个“夫人”……天啊，竟然是苏姗娜！伯爵失声惊叫起来。伯爵终于明白，自己刚才扮演了一个十分可笑的角色，费尽心机却是向自己的老婆献殷勤。此时，他的怒气早已被惊恐和羞窘冲得无影无踪了，他支吾地说：“请夫人……再……原谅我一次……”

夫人慢慢站起身，笑着说：“如果您要是站在我的位置上，一定会大声说‘不不不’！但现在我还是决定无条件地原谅你。”

伯爵又羞又恼地问苏姗娜：“用别针封口的那封信……”

“……是太太口授的。”

“真应该给她一个答复。”伯爵动情地吻着夫人的手。

“是谁的就应该给谁。”伯爵夫人把钱袋交给费加罗，把钻石戒指给了苏姗娜。苏姗娜笑着对费加罗说：“又多了一份结婚礼物。”费加罗拍拍手里的钱袋，说：“三份里面这一份来得最不容易。”

五　伪君子

·作品评价·

《伪君子》写的是伪装成圣洁的教会骗子答尔丢夫混进商人奥尔恭家，图谋勾引其妻子并夺取其家财，最后真相败露，锒铛入狱的故事。剧作深刻揭露了教会的虚伪和丑恶，答尔丢夫也成为“伪君子”的代名词。本剧作在许多方面突破了古典主义的陈规旧套，结构严谨，人物性格鲜明，矛盾冲突鲜明突出，语言机智生动，手法夸张滑稽，风格泼辣尖利，对世界喜剧艺术的发展有深远的影响。

莫里哀（1622 年—1673 年）

法国古典主义时期最著名的喜剧作家，也是世界戏剧史上与莎士比亚共同彪炳千秋的伟大戏剧家。他出生在宫廷裱糊师家庭，从小酷爱戏剧。一生共完成 37 部喜剧。《可笑的女才子》《丈夫学堂》《太太学堂》等早期作品，着重讽刺贵族阶级，提出妇女社会地位等问题，初露创作才华；中期的《伪君子》《唐璜》《吝啬鬼》等剧作，对贵族、僧侣和资产阶级的吝啬、自私、伪善等丑恶本性进行了辛辣的讽刺，代表其创作的主要成就；晚年的主要剧作有《贵人迷》《司卡班的诡计》等。

繁华的浪漫之都巴黎，奥尔恭的家里。在进入话题前要先介绍一下奥尔恭，他是巴黎有名的大富翁。他年轻时英勇无畏，经历过好多次变故、战乱，算得上是个有胆识的人。而且他为人慷慨、善良，如果乞丐在路上遇见他，总会得到他的施舍。也正因此，他才结识了一个人。

这天，奥尔恭的母亲柏奈尔夫人来儿子家坐了坐。但没过多长时间，她就嚷嚷着要回去。原因是她看不惯这里的派头：没有人愿意听她的教诲，大家不在乎是不是讨她喜欢，干起事情来毫无顾忌。老太太也因此给这里起了个名字——花子窝。

大家见老太太不高兴，都连忙解释，但全被她骂了回去。她骂侍女桃丽娜不懂规矩，太爱说话，不管什么事都要插进来发表意见；她骂孙子达米斯是糊涂虫，脾气坏，要是不改，就等着受罪吧；她骂孙女玛丽亚娜表面温柔安静，其实一肚子坏水，尽干坏事；她骂儿媳欧米尔只知道花钱打扮讨丈夫喜欢，从来不是孩子们的榜样；儿媳的弟弟克雷央特刚想说话，也被老太太愤愤地打断了，说他宣讲的关于生活的格言简直就是胡言乱语，让他以后最好少登这个家门。

训斥完后，老太太喜滋滋地给大家树立了一个好典范：道德君子答尔丢夫。

答尔丢夫是谁？他就是奥尔恭结识的那个人。奥尔恭和答尔丢夫是这样相遇的：前段时间，奥尔恭无论是走在街上还是去教堂，都能遇见答尔丢夫。答尔丢夫是外乡来的乞丐，与众不同的地方在于，他行乞从不多要，如果奥尔恭多给了他钱，他不是退还一些，就是当着奥尔恭的面，把钱散布给其他穷人。答尔丢夫每次去教堂都紧挨着奥尔恭，双膝着地，跪在他前面，向天祷告时则毕恭毕敬地用嘴亲吻大地；每次出教堂，答尔丢夫则必定抢着走在奥尔恭前面，为的是先到门口将圣水递给他。

经过连续很多天的观察，奥尔恭认定答尔丢夫是个真正的君子，他的德行可以成为所有人的表率，尤其是自己的一对儿女。也正因此，奥尔恭决定将答尔丢夫接到自己家里，以便影响自己家里人的德行。

奥尔恭高兴地将自己与答尔丢夫的相遇告诉了自己的妻弟克

雷央特：“这是上天的安排啊，有了他，这里的一切都将兴旺起来。”为了让妻弟信服，奥尔恭还举了一个例子，来证明答尔丢夫对上天的虔诚——有一天，答尔丢夫在祷告时捉了一只跳蚤，事后还埋怨自己不应该生那么大气将它捏死。

对于姐夫的介绍，克雷央特没有丝毫兴趣。他是个聪明、有见识的人，对姐夫的糊涂很不理解，所以一直劝说姐夫要分清伪善和虔诚，提防那些虚有其表的，用骗人的伎俩、伪装的热情去骗取别人信任的人。因为这样的人很可能恬不知耻地用上帝的名义来陷害别人。

老太太的造访也正表现出了她对答尔丢夫的欣赏。她一脸严肃地对大家说：“你们大家都应该听他的话，因为他是个真正的道德君子，他会引导你们走向天堂的。”

老太太的建议基本没有人表示同意和认可。达米斯首先就牢骚满腹，他不能忍受这个只会说长道短的教会假虔徒在自己家里作威作福，因为答尔丢夫几乎不允许年轻人有任何消遣；桃丽娜也厌恶答尔丢夫的假仁假义，因为不管家里人做什么他都要管，还不许大家同外界来往。

柏奈尔夫人一一替答尔丢夫辩护，但很快就遭到了克雷央特和桃丽娜的炮轰。老太太气愤异常地说：“告诉你们，奥尔恭将答尔丢夫先生接到我们家里是再正确不过的事情了。这是上帝的安排，为的是纠正你们的错误思想，你们就要听他的话！要跟他学习敬天敬主，别整天空谈、嚼舌根！”说完就扬长而去了。

对于老太太的吹捧，大家并不奇怪，因为比这更厉害的吹捧——奥尔恭的吹捧，大家也已经见识到了。两者相比，老太太的吹捧简直是小巫见大巫。奥尔恭称答尔丢夫是自己的兄弟，比爱自己的母亲、妻子、儿女还胜百倍，自己有心里话只跟答尔丢夫说，要做什么事只向答尔丢夫请教；他尊敬答尔丢夫，吃饭时要答尔丢夫坐首位，给答尔丢夫搛最好的菜；他崇拜答尔丢夫，任何时候都赞扬答尔丢夫，不管说什么总要提到答尔丢夫；答尔丢夫芝麻大小的举动在他看来都是奇迹，答尔丢夫说的任何话都是圣谕。奥尔恭迷答尔丢夫已经入魔，而答尔丢夫也早就摸准了他的脾气，因此施展出种种手段，迷得奥尔恭晕头转向。

老太太走后不久，奥尔恭就回来了。他没来得及回答克雷央特的问候，就焦急地询问家里的情况。桃丽娜告诉他，太太因为头痛发烧，吃不下饭，睡不着觉，放过血后才轻松了点。但奥尔恭对这些丝毫不关心，只是一个劲地问答尔丢夫的情况。在听桃丽娜回答说答尔丢夫白白胖胖，脸色红润，晚餐能吃两只竹鸡，外加半只切成细末的羊腿，回到卧室能安安稳稳地一觉睡到第二天早晨后，奥尔恭连声说："怪可怜的！"

克雷央特对于姐夫的反常很不理解，奥尔恭连忙制止了他不恭的口吻，虔诚地向他介绍答尔丢夫说："他是一个严格遵守教训，内心享受舒适，却把全世界都看成粪土的人。自从和他交谈后，我完全变了一个人。他教导我对任何东西都不要爱恋，他使我的灵魂从种种情爱里摆脱了出来。即使现在看见我的兄弟、子女、母亲、妻子一个个死去，我也不会伤心。"

送走克雷央特后，奥尔恭叫来女儿玛丽亚娜，说有秘密要跟她说。

玛丽亚娜今年二十三岁，面容清秀，有一双温顺明亮的大眼睛，长长的睫毛浓浓地遮盖在上面，好像展翅欲飞的蝴蝶。在母亲去世后，玛丽亚娜的一切都由桃丽娜包管。

玛丽亚娜来后，奥尔恭将一杯热气腾腾的咖啡递给她。奥尔恭对这个女儿还是很关心的，自从她生母去世后，奥尔恭便将她看作掌上明珠，不管什么事都会事先为她考虑好。而玛丽亚娜与达米斯和继母欧米尔都相处得很愉快，这让奥尔恭非常欣慰。奥尔恭对女儿说，希望她办事能够合他的心意，不要辜负他的期望。玛丽亚娜还没问清楚，便愉快地答应了。奥尔恭悄悄地问玛丽亚娜:“你觉得答尔丢夫，我们的贵宾，人怎么样？”一提起答尔丢夫，那个五短身材、神经兮兮的男人，玛丽亚娜就直想呕吐。但为了不扫父亲的兴，玛丽亚娜还是有所保留地说自己没有什么看法。

奥尔恭看女儿不反对，就像献宝一样地对女儿说，自己已经选中这个品德高尚的人做自己的女婿，不知道玛丽亚娜觉得如何。

玛丽亚娜听此大吃一惊。她没想到父亲居然会做出这样荒唐的决定，因为之前他曾说将自己许配给瓦赖尔，更重要的是，玛丽亚娜深爱着瓦赖尔。面对父亲的荒唐和糊涂，玛丽亚娜一时之间不知该如何是好。

早就悄悄跑进来偷听秘密的桃丽娜，看玛丽亚娜站在那里痛苦地不说话，就站出来仗义执言，为小姐打抱不平。她直言道：“您这么精明的人，怎么会干出这种糊涂事儿呢？您看中的那个‘品德高尚’的人又怎么配得上我们小姐呢？”

桃丽娜最大的优点就是敢于直言，她虽然是个女仆，但透着青春干练的朝气。在奥尔恭将小姐叫来的时候，她就悄悄跟了过来，她知道这件事一定跟答尔丢夫有关，但没想到奥尔恭做出的竟然是这么荒唐的决定。对于答尔丢夫，桃丽娜也是一肚子的厌恶，让小姐这朵鲜花插到牛粪上，她怎么会同意呢？她对奥尔恭说："老爷，你那么大的家业，为什么单单选了这个穷光蛋啊？"

"他确实一分钱也没有，但你要知道这正是我敬重他的地方。"奥尔恭解释道，"他的穷困是正直的穷困，也正因此，他的人格更具魅力。他不关心任何世俗的事儿，而是把整个精神灌注在了永恒不灭的事情上，所以才被人侵占了家业。我之所以要把玛丽亚娜许配给他，正是要帮助他摆脱经济困难，恢复他原有的贵族身份啊！"

桃丽娜知道，所谓的贵族身份是答尔丢夫自己说的。她向来讨厌这种炫耀家世和出身的虚伪，何况是真是假还有待查证。但她明白，奥尔恭并不喜欢自己反驳他，于是就换了个角度问他："您把这么好的女儿许给答尔丢夫那样的男人，心里真的一点也不难过吗？论年龄，答尔丢夫几乎可以做小姐的父亲了；论长相，答尔丢夫先生五短身材，又肥又胖；论人品，答尔丢夫先生看女人的时候几乎要将女人吞进肚子里去。您从来没想过他们是否相配吗？您没想过这样的婚姻会有什么后果吗？"

奥尔恭对桃丽娜的话没有丝毫兴趣，在他心里，答尔丢夫是当之无愧的跟上帝最亲近的人，答尔丢夫是他举世无双的财产。他转头对玛丽亚娜说："孩子，不要听桃丽娜的，她一个侍女能有什么见识？如果你嫁给答尔丢夫，这段婚姻一定可以满足你所有的愿望，因为答尔丢夫心慈面善。你们俩会被开心与温情紧紧围绕，体会一辈子的相互忠诚。我保证，你们之间不会有任何争吵，你叫他怎么做，他就会怎么做的。”

“让他放弃你赠送的财产，他愿意吗？”桃丽娜忍不住插嘴。

“你闭嘴，我是嫁女儿又不是嫁你！”

“要是嫁我那就不用费劲了，我肯定不会答应！”桃丽娜不屑地说。

玛丽亚娜对于父亲苦口婆心的劝说也一直没有反应，奥尔恭气得拂袖而去。

桃丽娜知道，玛丽亚娜在父亲的专制压迫下一直非常懦弱，只要父亲开口，不管自己愿不愿意，她都会答应。玛丽亚娜爱瓦赖尔，非常热烈地爱着他，他们俩都希望能快点结婚，以便尽情享受甜蜜的爱情。所以桃丽娜觉得，自己作为小姐的贴身女仆责任重大，她一定要帮小姐找到如意郎君。

此时桃丽娜眼前又浮现出答尔丢夫的面容，忍不住又是一阵反胃。在她看来，答尔丢夫事事都在作秀，连那褴褛的衣裳都好像是精心设计出来的。每天早晨他佝偻着腰到教堂里去，做弥撒的时候，用嘴吻地，忏悔的眼泪几乎将他淹没了。奥尔恭对答尔丢夫钦佩有加，好像全巴黎所有的君子都死光了一样。而奥尔恭如此慷慨大方的人，又怎么会让自己钦佩的正人君子继续做乞丐呢？从几个钱币到几十法郎，再到一笔不小的财产，现在居然还要将自己的女儿嫁给他，这速度让众人大惑不解！桃丽娜对于老爷的糊涂气愤至极，她决定用自己的智慧来阻止事情的发生。而现在的关键就是让懦弱的小姐燃起反抗的火焰。

桃丽娜问小姐，对于老爷选中的如意郎君是不是满意。玛丽亚娜哀怨地说：“我当然不愿意，可父亲他……”

“不愿意你就反抗啊！勇敢地告诉老爷你心里有人了，他英俊潇洒、气宇轩昂，比答尔丢夫强不知道多少倍。”桃丽娜眼睛里闪烁着反抗的火焰。

“可我不能暴露瓦赖尔啊！”想到瓦赖尔，玛丽亚娜眼里闪过一丝亮光，但很快又归于幻灭，她痛苦地对桃丽娜说，“尽管瓦赖尔非常优秀，但为了他，我就能不顾及女孩子的脸面和孝道了吗？我现在真想自杀啊！”

桃丽娜看正面劝说起不到什么作用，就用激将法，对玛丽亚娜说：“小姐你不反抗也正常，因为答尔丢夫确实不是什么等闲之辈，他出身贵族，仪表堂堂，是做丈夫的不二人选。而且结婚以后你还可以像他一样做名人，正人君子的太太可以跻身上流社会，还可以在狂欢节的时候看猴子戏和木偶戏……”

果然，没等桃丽娜说完，玛丽亚娜就痛苦地打断了她的话，让她一定想办法帮自己反抗父亲，否则那将比死还要可怕！为了自己的幸福，她现在什么都敢做了。

就在这时，瓦赖尔来了。瓦赖尔出身贵族，年轻英俊，一表人才，为人正直。他不仅是达米斯的好朋友，同时也深爱着玛丽亚娜。他听人说，玛丽亚娜将被许配给答尔丢夫，所以特意跑来一探究竟。

瓦赖尔深情地望着玛丽亚娜，问她是不是她的父亲决定将她许配给答尔丢夫，玛丽亚娜沮丧地承认了。瓦赖尔问她怎么想的，玛丽亚娜说自己也不知道该怎么办，想让瓦赖尔帮自己出个主意。瓦赖尔一心以为玛丽亚娜会果断地拒绝这门亲事，没想到她现在如此犹豫不决。瓦赖尔赌气地说：“那你嫁给他好了！”

玛丽亚娜听此话怒火中烧，也赌气地说：“好……我接受你的建议。”瓦赖尔一瞬间感觉天旋地转，自己的一片痴心换来的居然是这样的欺骗。他战抖着双手，指着玛丽亚娜说：“你自己既然这么愿意嫁给他，还征求我的意见做什么？你对我的山盟海誓原来不过是不堪一击的欺骗！”

“你自己也说过这辈子只爱我一个人，现在却劝我赶快嫁给别人，难道不是为了自己能更好地另攀高枝？”

“好，随便你！你就嫁给那个老男人吧！我走了，去找个女人来抚慰我受伤的心灵。”

瓦赖尔说罢就要离去，但心里仍然期望玛丽亚娜能够挽留自己。而此时的玛丽亚娜一肚子的委屈正不知该如何宣泄，又怎么会挽留他呢？痛苦的瓦赖尔望了玛丽亚娜一眼，绝望地转身要离去。

“站住！”桃丽娜在一旁看他们闹够了才出来帮他们和解。她拉住瓦赖尔，说：“你难道没听出小姐在说气话？你们彼此相爱，现在更需要你们同心协力才能渡过难关啊！”桃丽娜假装生气地将玛丽亚娜喊过来，问瓦赖尔：“现在我问你，你爱小姐吗？”

“当然爱，就是怕她不稀罕。”

“小姐呢？”桃丽娜问玛丽亚娜。玛丽亚娜羞涩地点点头。桃丽娜将两个人的手放到一起，这对恋人和好如初。

桃丽娜说出了自己的计谋：她要玛丽亚娜表面上对父亲的要求百依百顺，但一定要用假装生病或者推说遇到梦见死人、打碎镜子等不祥之兆来拖延婚期。“关键的一点是，不能从你嘴里吐露出半个‘肯’字来，这样他们就没办法逼你嫁给答尔丢夫而不嫁给瓦赖尔了。另外，要想早点如愿，你们就要先忍耐一下了，这段时间最好不要见面，以免耽误大事。瓦赖尔，你要去求朋友——玛丽亚娜的哥哥达米斯帮你挽回这门亲事。我呢，负责邀请欧米尔夫人加盟，争取她的同意。”

桃丽娜之所以能想出这样的计划，是因为胜利的天平倒向了她这边：达米斯正深爱着瓦赖尔的妹妹，如果将玛丽亚娜嫁给答尔丢夫，搞不好就会影响达米斯自己的甜蜜爱情。而对于答尔丢夫，达米斯也是一肚子说不尽的厌恶，他更清楚答尔丢夫那个混账的阴谋。他现在非常痛苦，真想不顾一切地去找父亲说个清楚。

桃丽娜劝达米斯先不要发火，说老爷的打算实现不了。至于答尔丢夫，她要让太太去对付他，因为答尔丢夫对女主人非常有意思。欧米尔夫人也答应就女儿的亲事探探答尔丢夫的口气。一切安排好了后，桃丽娜让达米斯先离开，自己好在客厅等答尔丢夫下楼来。

这天早晨，答尔丢夫起得特别早，自从住进奥尔恭的庄园后，他感觉一切都很亲切，因为在这里他可以享受到以前根本享受不到的东西。

答尔丢夫下楼看见桃丽娜在，就假装没看见似的，故意大声地吩咐仆人：“劳朗，如果有人来找我，就说我给囚犯们分捐款去了。”

桃丽娜大声问道：“答尔丢夫先生，您起这么早，不知道要忙什么去呢？”

答尔丢夫假装被桃丽娜吓了一跳，他赶忙从衣袋里摸出手帕递给她，脸转向一边，仿佛桃丽娜身上有刺一般。“干什么？”桃丽娜莫名其妙。“求求你，在你说话前先将自己的乳房遮起来，看了这种东西灵魂就会受伤，引起不洁的念头。”

桃丽娜看了看自己略微低一点儿的裙领，冷笑道：“你就这么经不起引诱？我不知道你心里存着什么邪念，但我是绝对不会对你动心的，即使你一丝不挂地站在我面前，你那张皮也不会让我有半点儿动心的。”

“你说话最好客气点儿，否则，”答尔丢夫冷笑道，“我就离开你。”

桃丽娜像躲瘟疫一样赶紧躲开，说：“躲开你是我平生最大的愿望。太太就要下楼了，她有话要对你说。”一听太太要找他，答尔丢夫眼睛放出了绿光。欧米尔夫人苗条性感，高挺的鼻梁、丰满的嘴唇、顾盼生辉的双眼，一直以来都在深深吸引着答尔丢夫。

此时，欧米尔正和达米斯讨论玛丽亚娜的婚事。达米斯知道瓦赖尔和妹妹之间的感情，更知道瓦赖尔才是值得妹妹托付终身的人，所以坚决支持妹妹和瓦赖尔在一起。欧米尔夫人也正要劝说答尔丢夫先生放弃这门婚事。正在这时，桃丽娜上楼来通知她，答尔丢夫正在楼下等她呢。达米斯灵机一动，决定躲在廊柱后面，听答尔丢夫如何回答继母。

答尔丢夫一见欧米尔就表现出了前所未有的热情和爱慕。他紧握住欧米尔的手，又把手放在她膝上抚摸着，说自己早已经将全部灵魂献给了她。看见欧米尔夫人漂亮的花边帽后，他更是一直在赞叹她的心灵手巧。

欧米尔尽量躲避答尔丢夫的亲热，岔开话题谈起女儿的婚事。答尔丢夫承认有这回事，但马上又承认自己对玛丽亚娜没有半点儿非分之想，因为他梦寐以求的人是欧米尔夫人。他靠近欧米尔夫人说："我爱上帝，更爱上帝创造的美，尤其是女人的美。我看见您这绝色的美人，不知不觉中已经对你产生了炽热的情爱。"他把椅子移近欧米尔，继续说："开始我还怀疑这是魔鬼的诡计，所以尽量躲避着你。但后来我发现，爱情不是罪恶，它可以与任何圣洁的东西联系在一起，所以我就任凭自己的心去爱恋你了。"他还请求欧米尔发发善心，接受他的爱恋。

欧米尔称赞他的虔诚，说虔徒就应该克制一点。答尔丢夫大叫："即使是虔徒，看见你这样天仙似的美人，也控制不住理智了。你可知道，你那光彩夺目、风华绝代的美貌，已经主宰了我的心。"他还神秘地告诉欧米尔："要是你跟我好了，不光名誉没有任何危险，还不用担心我有什么忘恩负义的举动。只有那些显贵里轻狂浮躁的男子，才会使人名誉扫地。我这样的人是绝对不会胡乱说话的，你将会得到不会惹出任何笑话的爱情和丝毫没有后患的快乐。"

欧米尔见他如此放肆，就吓唬他要将他的无理要求告诉奥尔恭。答尔丢夫嬉皮笑脸地说："你尽管去说好了，看奥尔恭老爷到底相信谁。你也别装了，我有情，你有意，我们还等什么呢？"说完就饿狼一样扑向欧米尔，要强行吻她。愤怒的欧米尔奋力挣扎，给了答尔丢夫两个耳光。此时一直在廊柱后偷听的达米斯也跳出来，将答尔丢夫打倒在地，还嚷着要将这件事传播出去，让大家看清他的丑恶嘴脸。欧米尔劝达米斯，只要答尔丢夫答应不跟玛丽亚娜结婚，就放他一马。达米斯不听，他不愿放弃这个惩罚答尔丢夫的好机会。

奥尔恭此时刚好走了过来，愤怒的达米斯将答尔丢夫的丑事和盘托出。奥尔恭听后大吃一惊，连连说："这简直太难以置信了！"

没想到此时答尔丢夫竟然将计就计，大骂自己是世上少有的坏蛋和罪人，说他就是污秽、罪恶与垃圾。随后他话锋一转，说道："既然上帝要处罚我，要借机来磨炼我，那你们就尽情地责骂我吧，惩罚我吧，我都不会替自己辩护。奥尔恭老爷，你尽管发怒吧！你尽可以把我当作罪犯一样撵出大门，我应该忍受更多的羞辱，这一点儿羞辱算不了什么！"

奥尔恭完全被答尔丢夫的表演迷惑了，他训斥儿子，不该捏造谣言来败坏答尔丢夫纯洁高尚的名声。

答尔丢夫拦住奥尔恭，劝他不要相信自己外表的虔诚，并对达米斯说："你尽管把我当作强盗、杀人犯，把我当作阴险、无耻的代名词！我绝对不会反驳，我愿意跪在地上忍受一切耻辱，我会把它们当成我这一生所应受到的羞辱来领受。"

奥尔恭被答尔丢夫的虔诚感动得无法表达自己的情感，他大骂儿子混账、无赖。答尔丢夫不失时机地说："我应该被羞辱，不要因为我而去责备达米斯少爷。"说着就要下跪请求奥尔恭老爷原谅达米斯。

答尔丢夫的"以德报怨"更赢得了奥尔恭的敬佩。他不明白大家为什么要恨这样的正人君子，还要把他撵走。他决定煞煞全家人的嚣张气焰，还要在今晚将自己的女儿嫁给他。同时要求达米斯向答尔丢夫下跪请求原谅。达米斯大骂父亲糊涂，坚决不从。奥尔恭愤怒地让儿子滚出去，以后不要再回来，还要剥夺儿子的遗产继承权。达米斯愤然离开了家。

答尔丢夫担心欧米尔将真相告诉奥尔恭，就痛苦地请求让自己离开。奥尔恭苦苦相劝，一再保证自己以后都不会再相信别人对他的诽谤。奥尔恭还建议答尔丢夫多和欧米尔接近，同时做了一个重大决定：他要通过正式手续将全部财产赠送给这位虔徒。

“既然一切都是上帝的旨意，那我只好遵从了。”答尔丢夫虔诚地说。

全家人很快就知道了奥尔恭的决定，老太太也特意赶到了奥尔恭的庄园。老太太对这里的一切，除了答尔丢夫还是非常不满。其他人都有所顾忌，唯独桃丽娜不在乎这些，依然在炮轰答尔丢夫。老太太很快就被大家伙气走了。

克雷央特是桃丽娜和欧米尔请来的救兵。他非常气愤，责备答尔丢夫，即使达米斯有错，作为一个天主教信徒也应该宽恕他，而不是报复，将达米斯从家里赶出去。他劝答尔丢夫最好让父子俩和好如初，不要将事情往绝路上逼。

答尔丢夫狡辩说自己没有记恨达米斯，而是一直在尽力劝和。“可是，”他貌似为难地说，“这件事关系着上帝的利益。如果我跟他和好，人家就会说我在耍手腕，说我假装慈悲，说我因为怕他而不得不敷衍他，这样一来上帝会答应吗？”

克雷央特嘲讽道：“那你连想都不应该想的事，却信以为实地赶紧接受下来，这难道也是上帝的命令？”

答尔丢夫狡辩自己不是为了图利好财，说自己并不稀罕这些，之所以接受财产的赠送，是怕财产落入歹人手里，不能为上帝增光，替别人造福。克雷央特指责他的假虔诚，答尔丢夫却假装说祈祷时间到了，趁机溜了。

父亲的专制决定让玛丽亚娜痛苦万分，欧米尔、克雷央特和桃丽娜也非常焦急。就在他们想办法企图阻止今晚的订婚仪式的时候，奥尔恭拿着财产契约走了过来。答尔丢夫胸前插着玫瑰花，也喜滋滋地来了。

奥尔恭以为女儿会对自己的决定感激涕零，没想到一见到自己，玛丽亚娜就跪下号啕大哭，苦苦恳求自己不要逼她，她说："爸爸，您别再硬逼着我孝顺服从您，也别用这种残酷的法律来逼我。如果您不顾及我心中的感情，禁止我嫁给我所爱的人，至少，请您发发慈悲，不要强迫我嫁给我所憎恶的人。你尽可以继续宠爱答尔丢夫，甚至把我那份财产也给他，但别把我送给他，那样我宁愿去修道院生活。"

女儿的痛哭并没有使奥尔恭怜惜，克雷央特的忠告和妻子的劝说也都没有派上用场。见此情景，欧米尔请答尔丢夫先退下，因为自己有话要跟老爷讲。答尔丢夫不情愿地看了老爷一眼，见他没有挽留的意思，就悻悻地走开了。

答尔丢夫一走，欧米尔就再也控制不住自己的情绪，大骂老爷糊涂，说人家都要把老婆、女儿、财产全都拐走了，他却还不清醒。奥尔恭不相信欧米尔的话，欧米尔决定让老爷眼见为实。她要丈夫藏在桌毯下面，不管听到什么都不要发怒，也不要拦着她说话，因为她要用柔情撕开这个伪君子的假面具。欧米尔要迎合答尔丢夫种种无耻的要求，听凭他那胆大妄为的心情任意张狂。只要奥尔恭认输，这场戏随时可以停演。安排好一切后，欧米尔叫桃丽娜去请答尔丢夫上来。

答尔丢夫一进门，欧米尔就叫他赶紧关上门，之后娇羞地说自己的心其实早已经被他征服了。她说，之前自己抵抗他的求欢时是那么力不从心，但大胆承认又觉得有些害羞，如果她说的不是真的，她就不会劝阻达米斯息事宁人了。她之所以不答应将玛丽亚娜嫁给答尔丢夫，就是不想与任何人分享他的宠爱。

这些话像奇芳异香一样输进了答尔丢夫的毛孔里，他很快便沉醉了。但他仍怀疑这是欧米尔为阻拦女儿的婚事而耍的手段，就说道："跟你痛快说吧，如果你不给我一点我渴望得到的实惠来证实你的真情，我是不会相信这些话的。"说完这些，目光一直在欧米尔身上色眯眯地转。

欧米尔温柔地劝他不要心急，他要的东西很快就会到手。可答尔丢夫坚持，如果欧米尔不拿出点儿实惠来，自己不会彻底相信。"假如真答应了你的要求，岂不是得罪了你总不离口的上帝？"欧米尔搬出了最后一张王牌。

答尔丢夫笑笑说："一切罪过由我来承担就好了，我绝对有办法帮你消除那些可恶的疑虑，你只管满足我的愿望就好了。"而且他一再保证，这是绝对的秘密，人们秘密地犯错，上帝是不会惩罚的。

欧米尔只好假意答应了。答尔丢夫此时简直是心花怒放……

躲在桌毯下面的奥尔恭早已经被气得七窍生烟，他气呼呼地爬出来，一把抓住答尔丢夫，大骂道："好一个君子，既打算娶我的女儿，又想勾引我的妻子！你马上给我滚蛋！”

没想到答尔丢夫一反常态，嚷得更凶：“应该滚蛋的人是你！别忘了，现在这个家已经是我的了。回头我就会让你知道，用这种无耻的诡计来跟我斗，只能是白费劲！我会想办法来惩罚你们的，到时候我要叫那个赶我走的人后悔！”

奥尔恭气得浑身哆嗦，但一句话也说不出来。

欧米尔听出答尔丢夫似乎抓住了什么把柄，就赶紧问奥尔恭是怎么回事。奥尔恭懊恼地说，自己不但将全部财产赠送给了答尔丢夫，还将朋友寄存在自己这里的首饰箱也交给答尔丢夫保管了。首饰箱里藏的是关于奥尔恭朋友亚耳格声誉的重要密件，原来亚耳格违反了国法，逃走前因为信任奥尔恭才将装有自己全部财产和重要文件的首饰箱交给奥尔恭保管。奥尔恭已经把这件事情告诉了答尔丢夫，并把箱子托他保管。现在因答尔丢夫手里握着这些证据，奥尔恭不知道自己该怎么渡过难关。欧米尔听后，也是一筹莫展。

全家人很快聚在一起商量对策。达米斯也回来了，他要用暴力除掉这个坏蛋。克雷央特劝他不要冲动，并说既然有把柄握在别人手中，就不要有任何实施暴力的想法。奥尔恭对自己之前的所作所为懊悔不已。就在全家人愁眉苦脸的时候，柏奈尔夫人来了。

“听说家里出事儿了，到底出了什么事儿啊？”老太太依然非常严厉地问。

奥尔恭将答尔丢夫调戏自己的老婆，企图侵占自己的家产，还要把自己从这里赶出去的情况说了一遍。但不管奥尔恭怎么说，老太太就是不相信答尔丢夫那样高尚的人会做出这样龌龊的事儿。

奥尔恭急得一直给母亲解释，但老太太就是执意不信。就在奥尔恭无可奈何的时候，进来了一个陌生人。来人正是法庭的携杖执达吏郑直先生。他送来了法庭的处分通知书：根据契约，房子和奥尔恭的全部财产已经都归答尔丢夫所有；奥尔恭和家人必须马上离开这里，不得延缓。

伪君子的本来面目终于全部暴露了，执意不信的老太太也无话可说了。

郑直先生走后，一阵急促的敲门声让大家的神经又为之一紧。桃丽娜打开门，原来是瓦赖尔。他惊慌失措地告诉大家，更可怕的事情发生了。

瓦赖尔的好朋友打听到一个秘密的消息，说答尔丢夫已经在王爷那里告了奥尔恭的状，还交出了一个首饰盒，据说是一个要犯留下来的。对奥尔恭不顾子民的天职替一个国家要犯隐瞒这件事，王爷很生气，已经签署了逮捕令，答尔丢夫马上就要带人来抓人了。瓦赖尔此次前来就是告诉奥尔恭，他已准备好了马车和费用，要护送奥尔恭去一个安全的地方。

奥尔恭万分感激瓦赖尔的好意。就在奥尔恭准备出发的时候，答尔丢夫带着宫廷侍卫官闯了进来。大家愤怒地斥骂答尔丢夫卑鄙无耻。“你这个没良心的东西，难道你忘了是我把你从穷苦的绝境里救出来的？”奥尔恭指着答尔丢夫的鼻子骂，恨不得一把撕碎他。

答尔丢夫对于大家的咒骂一点儿也不生气：“我知道你曾经

给过我很大的帮助，但现在王爷的利益才是头等重要的大事。保全王爷利益的神圣责任已经压灭了我对你的感激之情，不要说是朋友、妻子、父母，就是我自己，也都是要牺牲的。”

这个大骗子伪装的外衣终于被当众撕开了。克雷央特气愤地质问他：“为什么你之前不揭发奥尔恭的罪行，非要等到你的奸情暴露并要赶你走时你才要对王爷尽忠呢？你明知道奥尔恭有罪，为什么还要接受他的馈赠呢？”

答尔丢夫胆怯地望了一眼侍卫官，发现他的眼中也流露出鄙视和嘲弄。他愤怒地咒骂克雷央特：“住口！不要妨碍我执行公务！”为了不让大家抖出他更多的丑闻，他急忙催促侍卫官执行逮捕的命令。

侍卫官拿出手枪对准答尔丢夫，说：“你现在跟我回监狱吧！”答尔丢夫一下子没有反应过来，奥尔恭和家人也惊疑不解。

侍卫官笑着对奥尔恭解释说，王爷平生最恨的就是奸诈之人。王爷早就听说了答尔丢夫和他的故事，明察秋毫的王爷也看穿了答尔丢夫心坎各个角落里藏着的种种卑鄙龌龊的心思。在答尔丢夫来告状的时候，王爷就看出他就是那个臭名昭著、别有化名的骗子手。王爷十分憎恶答尔丢夫知恩不报、背信弃义的恶行，要将这次罪恶和他的前科一起办理。之所以派侍卫官跟他到这里来，无非是看看他到底能狂妄无耻到哪步田地。

侍卫官又从公文包里取出奥尔恭赠予答尔丢夫的财产契约，交还给奥尔恭，说王爷以其至高无上的权力取消了它；并告诉奥尔恭，鉴于奥尔恭曾经对王室所做的贡献，决定赦免他窝藏罪犯财产的罪名，还要酬赏他的功劳。

谢天谢地！奥尔恭一家人听到这个消息都长出了一口气，只有答尔丢夫一个人瘫在了地上。之后奥尔恭高兴地宣布："今晚就让瓦赖尔和玛丽亚娜订婚！"

全家人，尤其是玛丽亚娜和瓦赖尔，都舒心地笑了。

六　钦差大臣

·作品评价·

《钦差大臣》写了莫斯科小官吏赫列斯塔科夫路过某县，被县城的官吏们误认为是钦差大臣，他将错就错，诈骗县城的官吏和商人们的故事。剧作通过对赫列斯塔科夫和县城官僚们的喜剧性的嘲弄，描绘出一幅沙皇统治下官场生活的群丑图，代表了俄国批判现实主义喜剧的最高成就。该剧思想内涵深刻，形象刻画生动，语言幽默机智，对世界讽刺喜剧的发展有一定的影响。

果戈理（1809年—1852年）

俄国著名的批判现实主义小说家和剧作家。地主家庭出身，和普希金私交甚笃。小说名著有短篇集《狄康卡近乡夜话》、中篇集《彼得堡故事集》，以及长篇《死魂灵》。果戈理的戏剧创作以喜剧著称，代表作有《钦差大臣》等。

县长家豪华的客厅里，本县的核心人物聚集在了一起：县长、慈善医院院长、督学、法官、警察分局局长、医官。一个貌似非常重要的会议马上就要在这里举行。

“刚刚得到一个可靠的，但令人很不愉快的消息：一位钦差大臣将从彼得堡来微服察访，并且带着密令。”县长干涩的嗓子发出这样的声音，“我请诸位来，就是告诉你们要做好应对准备。”他的眼睛在人群中转了几圈，最后定格在慈善医院院长阿尔捷米的脸上。“按照惯例，上我们这儿来的官员一定会先视察您经营的那些慈善医院——所以您应该整顿好一切：帽子洗干净，让病人穿得正式一些，别像一群打铁匠。”“这好办，我会让他们戴上干净的帽子的。”慈善医院院长阿尔捷米低声回答道。“最好少收留病人，不然会让他觉得我们这里管理不善或者医生没有什么高超的医术。”县长进一步吩咐道。

“另外，”县长指向法官阿莫斯，“你也要注意维护好法庭方面的秩序。以前经常有当事人在衙门的候审室里进进出出，看门人还在那儿养了几只鹅，外带一群小鹅，搞不好就会被人踩到。当然，搞点副业是非常值得奖励的。不过，在这个地方养鹅是不是不太合适呢？我应该很早之前就想提醒你了，但不知怎么回事，老是忘了要告诉你。”“我今天就叫人把鹅赶到厨房去，您高兴的话，一起过来吃个便饭吧。”阿莫斯嘶哑的声音配上哼哧哼哧的鼻音，就好像一只旧式时钟，先发出咝咝声，然后敲打起来。“此外，法庭上晾的那些破烂，还有放文件的柜子上挂着打猎用的鞭子，有点太不像话了。我知道您爱打猎，可鞭子还是收起来吧，哪怕是钦差大人走了再挂起来呢。还有您那位陪审官，身上为什么总有一股刚从酿酒厂里出来的气味呢？”县长看了一眼医官赫利斯季阳，说：“相信只要我们的医官给他用上一些药品，一定可以药到病除的。”“是这样的，他那股气味是没有办法治的，他小时候摔了一跤，从那以后身上就开始有烧酒的味道了。”阿莫斯急切地替部下辩解。“我只是提醒你们注意罢了。”

县长摆摆手，又把目光停在督学鲁卡身上：“你要特别留心教员。当然那些有学问的人举止非常古怪，比如说那个胖脸蛋的家伙，他一上讲台，不扮个鬼脸总不肯罢休，然后一只手在领结下面捋胡子……还有那位历史教员，讲课激动的时候会从讲台上跑下来，抓起一把椅子使劲往地上扔。这一切要是让钦差大臣碰巧看见，不知道会惹出什么麻烦呢。”“我已经劝过他们好多次了。可一点办法都没有！老天保佑我以后都不要在学界服务了，这样的状况我受够了。”鲁卡沮丧地摇摇头，重重地叹气道。

“可恶的微服察访！”县长暗暗在心中诅咒。“我并不是害怕，只是有点担心，担心那些市民和商人。我总是从他们身上拿点这个、拿点那个，还从不付钱，因此他们早就怀恨在心，我担心他们会不会趁这个机会递给钦差大人一张状子，把我告下来。”想到这里，县长出了一身冷汗，他走到邮政局长伊凡身边，拉着他的手，把他引到了一边：“为了咱们共同的利益，您能不能把每一封经过邮局的信件都拆开看一下，看里面有没有检举我的信，没有的话就重新封好，当然，也可以不封口就这么发出去。”

“跟您坦白说吧，我早就这么干了，这可比读《莫斯科时报》有趣多了，读后不但通体舒畅，而且受益匪浅。前段时间，一个中尉给他朋友写了封信，因为写得好，我特地留了下来，您不想看看吗？”邮政局长完全沉浸在私读别人信件的愉快享受之中。

“那您费心了，伊凡。要是有检举我的信，你直接扣下来就行了。”

“一定照办。”

客厅里充斥着乱哄哄的议论声，这些显贵们都在暗中替自己的前程担忧，生怕有把柄落到这位微服察访的钦差大人手中，而结束了自己作威作福的日子。

正在这时，陀布钦斯基和鲍布钦斯基气喘吁吁地跑进客厅，抢着向大家爆料：旅馆里住着一个英俊的年轻人，穿着一身便服。旅馆老板说这个人是从彼得堡来的官员，名叫赫列斯塔科夫，要上萨拉托夫省去办事。他最让人不解的地方是：住在这儿的一个多星期里，没出过大门一步，不管买什么东西都赊账，一个子儿也不付。

"既然要去萨拉托夫省，干吗在这儿住着不离开？由此可以断定，他一定就是那位钦差大臣。"两人猜测道，"既不付钱，又不动身，一定就是钦差大臣。"人们都赞同他们俩的看法。

这个貌似已经成立的猜测顿时让县长惊惶得张大了嘴：在这一个多星期的时间里，下士的老婆挨了打！囚犯的口粮被克扣了！街上又脏又乱！老天爷，自己的前程还有光亮吗？

但圆滑世故的县长很快就想出了应对之策，他命令仍在惊惶中的下属道："在最短的时间内将市容整顿好。让个头高大、健壮的警察普戈维钦站在桥上壮市容。把旧围墙拆掉，放上草扎的界标，伪装成计划市政建设的样子。因为拆毁的地方越多，越能证明县长有能力。通知每个警务人员，若官员问满意不满意时，一律回答'一切都满意，大人'，并把通往旅馆的街道迅速打扫干净。否则，有你们好看……"一切布置妥当后，县长决定亲自到旅馆走一趟。

就在他戴上帽子，坐上备好的马车时，太太安娜和女儿玛丽亚追了出来，可此刻的县长哪里还有心思理她们呢？

在旅馆里一个零乱的房间内，仆人奥西普正饥肠辘辘地躺在主人的床上。此刻他的肚子咕咕直叫，好像有一个团的兵在里面吹喇叭似的。

奥西普和主人赫列斯塔科夫离开彼得堡已经四个多星期了，钱早已被赫列斯塔科夫花了个精光。赫列斯塔科夫是个瘦弱的年轻人，饥饿使他干瘪的身躯越发像缺水的豆芽，整个人看上去病歪歪的。他每到一处都要大摆排场，要住最好的房间，要吃最上等的菜，最为可恨的是，只要打牌，一定要输个精光才肯罢手。

这个十四品的文官，每天干的事不是在街上闲溜达就是在赌钱，唯独不干正事。有时甚至能输到身上只剩下了一件大礼服和一件外套。现在就是因为没钱付账，旅馆老板已经不给他们饭吃了。

“唉，上帝啊，现在哪怕是只有菜汤喝也好啊，我现在恨不得把整个世界都吞进肚子里。”突然，一阵敲门声打断了奥西普的自言自语，原来是他的主人回来了。赫列斯塔科夫刚才出去转了转，以为这样就可以将饥饿感驱走，没想到反而更饿了。他开始后悔了：要是不乱花钱，回家的盘缠总会够的。他不安地在房间里踱着步，话到嘴边又咽下了。

“奥西普！”赫列斯塔科夫这次似乎下了很大的决心。

“什么事，主人？”

“你出去走一趟。”

“去哪儿呀？”

“楼下的饭厅……叫他们……给我开饭。”赫列斯塔科夫用近乎恳求的声音说。

“不，我不能去。您三个星期没有付过一分钱，老板一直说您是骗子、无赖。他还说，要去见县长。”奥西普幸灾乐祸中带着恐吓继续说，“他说要把您送进衙门，去坐牢……”

“浑蛋！去把老板给我叫来。”赫列斯塔科夫怒吼道。

奥西普小心翼翼地奉命去了，但老板没请来，只来了旅店的一位仆役。这仆役严格贯彻执行老板的“前账未清，不给开饭”的规定，不肯通融。赫列斯塔科夫连哄带骂，老板只好派仆役给他送来了饭，并一再声明这是最后一顿。即使这样，赫列斯塔科夫仍然少爷脾气十足，一会儿嫌菜太少，一会儿又嫌汤太难喝。

尽管边吃边骂，却丝毫没有影响他吃饭的速度，摆在他面前的食物很快就如风卷残云般被扫荡一空了。虽然感觉不是十分饱，但因为老板不肯再施舍，赫列斯塔科夫也只好作罢。

“无赖！下贱！哪怕是给一点汤或者馅饼也好呀。简直是流氓！就会敲客人竹杠。”赫列斯塔科夫气得直骂。

突然，奥西普慌慌张张地跑了进来：“县长来了！现在正在外面打听你呢！”他小心地说。“啊，难道是旅馆老板这个畜生把我告了？难道真要抓我去坐牢？”赫列斯塔科夫大吃一惊，脸色瞬间开始发白，身体像抖筛糠一样战抖了起来。

“向您问好。”县长走了进来，十分谦恭地弯下腰。

“您好。”赫列斯塔科夫慌忙还礼。

“请原谅我打搅您休息了。”如坠云里的赫列斯塔科夫颤声回答道：“没关系。”“身为一县之长，我的责任是使所有来县里的客人都过得愉快……”“这我也没有办法啊……这不能怪我，因为账总是要还的……家里很快就会把钱寄给我。”赫列斯塔科夫结结巴巴地解释道，“但老板也不怎么厚道，牛肉硬得像木头；汤里不知道有什么，我都想把它泼到窗外去。他甚至让我挨了好几天饿……茶水更奇怪，有一股子鱼腥味，里面半点茶味都没有。我为什么要受这份罪……简直是笑话。”本来是辩解，但说着说着，赫列斯塔科夫感到越来越委屈、气愤，话也因此流畅起来，声音也变得洪亮了。

“对不起，这个不能怪我。”县长心里开始打鼓，“假如有什么不称心的地方……我斗胆奉劝尊驾到另外一个地方去。”

完啦！真的要我坐牢了。赫列斯塔科夫脑子里一片空白。

“您怎么可以这么大胆？我是……我是彼得堡的官员。”这似乎提醒了赫列斯塔科夫，他因此受到了鼓舞，精神为之一振，勇气也成倍地增长了。他边说边用拳头擂桌子：“你就是把队伍开到这儿来，我也不会去！我直接找部长去！”

一见“官员”发怒，县长浑身像抖筛糠一样抖起来，认定自己已经被眼前的大官抓住了把柄。一定是那些可恶的商人把我给告了！县长恨恨地想。“既然都被您知道了，我请求您的原谅，我实在是没有什么办事经验。”县长战抖着声音说，“即使是贿赂，数量也是极其微小的，仅仅是些吃的和衣服；至于打下士的寡妇老婆，那更纯属造谣。这是那些妒忌我的人捏造出来的，他们的目的是想谋害我。”

县长风马牛不相及的回答让赫列斯塔科夫丈二和尚摸不着头脑。但此刻的他已无心顾及别的，只想赶紧脱身：“账我终究会还，我现在之所以住在这里，是因为我身上没有一个子儿……”一听“钦差大臣”说身上没钱，县长赶紧从内衣口袋里掏出一沓钞票递了过去，他认定这是效劳的机会。赫列斯塔科夫像久旱逢甘露的人，双手接过钱，连连向县长道谢。这时，县长悬着的心终于放了下来，毕竟这个大官愿意接受自己的钱财。而且县长认为，既然他不讲明自己的身份，给我放烟幕弹，那我也不揭穿他钦差大臣的身份，这应该对自己更有利。

于是，县长便一个劲儿地在赫列斯塔科夫面前表明自己是清官，工作勤奋，为了国家和人民，即使粉身碎骨也在所不惜。并再一次请“钦差大臣”搬到他家去住，因为他已经准备好了一间舒适、敞亮、清静的房间。这对赫列斯塔科夫主仆二人来说简直是再美妙不过的事情了。

旅馆里的欠账，“廉洁”的县长自然不会让尊贵的大臣付清，他当然也不会自己去还，旅馆的老板只好自认倒霉了。

得知“钦差大臣”要住到自己家里，安娜和玛丽亚欣喜若狂，她们赶紧翻出自己所有的衣服，一件一件轮番试穿，不厌其烦地打扮起来。目的当然是希望自己更加漂亮、更加光彩照人。

行李已经由奥西普先行送来，安置好了。然而她们望眼欲穿的嘉宾却迟迟不见踪影，母女俩焦急万分地跑到临街的窗口，伸长了脖子焦急地张望着。

离开旅馆后，赫列斯塔科夫这个“钦差大臣”在县长及其部下的陪同下，首先视察了慈善医院。在这儿，最令赫列斯塔科夫满意的是他痛痛快快地饱餐了一顿。之后他情绪高涨，不停地提出各种问题，俨然一副钦差大臣的派头。

出了医院，他们来到了县长家。打扮得花枝招展的太太安娜和女儿玛丽亚终于见到了盼望已久的人，县长把她们介绍给了赫列斯塔科夫。赫列斯塔科夫向她们俩频送秋波，惹得母女二人神魂颠倒，都认为这位高官爱上了自己。

酒足饭饱的赫列斯塔科夫在官吏们的众星拱月下，变得愈发扬扬得意。这是前所未有的殊荣啊！情绪高涨到极点的“钦差大臣”开始随心所欲地吹牛了。

“你们知道吗？我家的接待室里总是挤满了公爵和伯爵；部长给我送来的公函上全都写着‘大人阁下收’；因为我刚直不阿、铁面无私，连内阁都惧怕我；我每天都有机会进宫，说不定明天就被提拔为元帅了……”这些胡言乱语居然震慑住这些官吏们了，他们信以为真，听完这些话全都战战兢兢的。所有的人不知道该用什么方式才能更好地巴结这位“显贵”，不给他留下什么坏印象。奥西普见众人如此，也将计就计，帮着主人提高身价，仿佛他真的是什么达官显贵一样。奥西普这样做最迫切的目的就是不再挨饿。

之后官吏们就开始忙碌了，他们一个一个陆陆续续恭敬地来拜见赫列斯塔科夫了。他们找出各种各样的借口把钱送给赫列斯塔科夫，希望得到这位大臣的青睐，保住自己现有的官职。如果能够得到提携，那就更是绝对美妙的事情了。对潦倒的赫列斯塔科夫来说，这绝对是天上掉下来的不要钱的大馅饼，有了这些钱，他在赌场上丢掉的威风又有展示的舞台了。真是时来运转啊！赫列斯塔科夫就差没高兴得直喊“乌拉”了。

当然，“钦差大臣”的到来，也让那些备受官吏们鱼肉的商人们高兴，他们结伙跑来告状了。又一个大好的捞钱的机会来了！赫列斯塔科夫暗暗高兴。当他听了这些被欺侮的商人们对县长及那些官吏们的控诉后，不免为之动容，恻隐之心油然而生。但同情归同情，他并没有忘记向这些商人“借”款，最后连商人们装钱的钱盘也脸不红心不跳地收下了。送走商人后，赫列斯塔科夫数了数到手的钱。哇！简直发财了！这样下去，数钱都要数到手软。他随即给在彼得堡的好友特略皮奇金写了一封信，告诉他自己这意外的收获。同时接受了奥西普的建议——带着钱财尽早溜走。

赫列斯塔科夫放好“借”来的钱，正在悠闲地吹口哨的时候，玛丽亚走了进来。赫列斯塔科夫热情地迎上去，忘情地抱住玛丽亚:“跟你这样的绝代佳人在一起，我幸福极了！我是多么希望能永远把你搂在怀里啊！”

“您太过分了，居然把我当一个乡下女人看待……”玛丽亚气愤地挣脱出来，转身就要走。赫列斯塔科夫拦住她:“我发誓，我所做的一切都是出于爱情，你不要生气，我愿意跪在你面前请求你的宽恕。”说完真的跪了下去。就在这时，安娜走了进来，看到“钦差大臣”向自己的女儿下跪，感到非常意外，就怒斥起玛丽亚不懂事。玛丽亚委屈地哭着跑了出去。

看着站在自己面前的这个风韵犹存的半老徐娘，赫列斯塔科夫忽然又觉得这个女人也很有味道，而且她长得还不赖。于是，就顺势将自己的“爱情之火”燃向了这位风流的母亲。

“大人！您开恩吧！”县长叫嚷着和玛丽亚一同走了进来，“刚才那些告状的人，绝对是血口喷人！他们是在捏造事实……”

“您知道大人给了我们多大的荣耀，他向我们的女儿求婚了。”安娜打断县长的絮叨。

“天哪，这不是真的吧?！”县长不敢相信这从天而降的喜讯会是真的，自己这样的小官怎么会高攀上这样的大官呢!

“是真的，我已经向她求婚了，因为我爱上了她。”赫列斯塔科夫严肃地证实道，并走过去亲吻玛丽亚。

县长使劲擦了擦眼睛，确信他们确实接过吻后，手舞足蹈地叫道:“哈哈，这可是天大的好消息啊！”

这时，已经备好马车的奥西普走了进来，他提醒主人该动身了。赫列斯塔科夫对错愕的县长解释说:“我准备花一天的时间去看看我的伯父——一位很有钱的老人，明天就回来。”

临上车时，赫列斯塔科夫“依依不舍”地和玛丽亚吻别，当然没忘记跟县长借钱——“借”了四百，说是要凑足八百，然后心满意足地乘着由邮政局长亲自配备的三套马车，走了。

送走赫列斯塔科夫后，县长和妻女兴奋地回到家里。他们完全沉浸在对未来的美好憧憬中：平步青云，飞黄腾达。这原来是多么遥远的梦想啊，现在居然马上就要实现了！想到这儿，仨人开怀大笑。“亲爱的安娜，我们马上就要搬到彼得堡去住了。”

“当然是要搬到彼得堡，怎么可以继续在这儿住呢？”

“赫列斯塔科夫如此八面玲珑，只要让他稍微提携一下，我很快就可以提升了，以后说不定还会当上将军呢。”县长眼里亮闪闪的，充满了渴望。

当然，县长并没有因为兴奋而忘乎所以，他还惦记着那些“叛民”。他吩咐手下人去召集那些告他状的人，并让警察通知大家：彼得堡来的“钦差大臣”现在已是县长的乘龙快婿，上帝把这世上最大的荣耀赐给了县长！

那些一度被欺侮的商人们被召集到县长家后，一个个垂头丧气，大气不敢出。“你们告我的状有什么收获吗？钦差大臣就要跟我女儿结婚了，你们以后对我要绝对地服从，否则的话……嘿嘿。”县长小小的眼睛得意地眨着，唇上那几根稀疏的胡须一阵乱颤，“你们弄虚作假，捏造事实的事情干得还少吗？只要我一揭你们的老底，你们马上就会被发配到西伯利亚去。”县长收住笑，威严地扫视着这些因为害怕跪拜在他脚下的商人们。

“大人，您开恩啊，我们以后不敢啦，我们以后全听您的。”商人们求饶道。

“我女儿结婚的贺礼……晓得吗？要知道她嫁的可不是平民百姓，也不是一般的贵族，你们要是随便拿那些干鱼或糖塔来凑数，你们自己也知道后果。上帝饶恕你们，去吧。”县长结束训话，挥手让这些商人们走了。

商人们刚走，阿莫斯、阿尔捷米和拉斯塔科夫斯基以及柯罗布金夫妇等本县的名士们就都闻讯前来道喜。县长家祝贺声和笑声交汇在一起，成了欢乐的海洋。

突然，神色惊慌的邮政局长手里举着一封拆封的信，冲了进来。“各位，出怪事了！我们送走的那位钦差大臣并不是真的钦差大臣。”邮政局长上气不接下气地说，“这是他写的信，我给你们念念。”邮政局长喘了口气，急急地读起信来：

“特略皮奇金好友鉴，兹特写信奉告，我遇上了一件百年不遇的怪事。我在路上跟一个步兵上尉赌牌，钱被他全部赢走，身无分文的我差点被旅馆老板送去坐牢。但因为我那彼得堡派头的容貌和服装，全城人居然把我当成了总督。我现在正住在县长家里，极尽可能地寻欢作乐，肆无忌惮地追求他的老婆和女儿。你还记得咱们以前挨饿受苦的日子吗？有一次，我因为吃了几个馅饼没给钱，结果被点心铺的老板轰了出去！现在的我时来运转了。大家死乞白赖地要借钱给我，要多少有多少。你在这里一定会笑死。我知道你写得一手好文章，下面这些话你可以加到你的文章里。首先，县长蠢得像一匹灰色的阉马……”

“住口！信上不会有这句话的。”县长的脸瞬间变得惨白，他不愿意相信自己听到的一切，尤其是最后一句。

邮政局长把信递给他：“您自己念吧。”

“像一匹灰色的阉马。不会的！这一句一定是你加上去的。”

“我为什么要加上去呢？”邮政局长不客气地回敬道。他接过信继续念下去：“县长蠢得像一匹灰色的阉马……”

“你居然还敢重复念，难道没有这一句，信就不值得念了吗？”县长骂道。

“邮政局长也不是什么好家伙……”轮到自己，伊凡不肯念下去了。阿尔捷米自告奋勇地接过信，戴上眼镜，念道：“邮政局长长得跟部里看门的米赫耶夫一个模样，也不是什么好东西，估计也是个酒鬼。慈善医院……院……院……”院长喉咙里像是卡了什么东西一样，院长的“长”字怎么也念不出来：“字写得不清楚……但完全看得出这小子不是什么好人。”

“我的眼力好些。”柯罗布金抢过信，“慈善医院院长就是个十足的蠢猪。督学满身葱臭……”

鲁卡抗议道：“我可从来不吃葱啊！”

法官阿莫斯松了口气，道：“谢天谢地，还好没有讲到我。”

“法官是个地地道道没教养的人。”柯罗布金看了一眼好像被放了气一样的法官继续念道，“然而，他们都是些好客又善良的人，所以我决定向你学习，以后从事文学创作……”

县长铁青着张脸：“这回可把我坑苦了，赶紧把他给我追回来！”他情绪失控地发出刺耳的声音。

“哪里还追得回来！我特地叫驿站长给他预备了顶好的三套马车。”邮政局长沮丧地说。

“我昏了头了！瞎了眼了！我老糊涂了！我是个大笨蛋！……”县长不停地咒骂着自己，“我为官三十年，从来没被一个商人、一个包工头骗过，最狡猾的骗子也骗不了我；甚至那些自以为能瞒天过海的老狐狸、老滑头，都逃不过我的手掌心，他们都曾经吃过我的亏，中过我的圈套；我曾经骗过三个省长……”他如数家珍般一一述说着自己的光辉业绩，还不停地使劲敲打自己的前额，似乎只有这样脑子才能清醒，惨败的局面才能被挽回。

安娜此时还惦记着女儿的婚事，县长气愤地跺脚骂道：“订婚？见鬼去吧！这下好啦，全城的人都要耻笑我了，我怎么就被这个轻浮的小流氓骗了呢？他可是连手指尖都不像钦差大臣的呀！我就是鬼迷心窍了！是谁先说他是钦差大臣的？”

县长的问话让大家安静了片刻，一会儿后他们就开始七嘴八舌地争论起来。鲍布钦斯基和陀布钦斯基很快就成了众人攻击的焦点，但他们俩也互相扯皮，把责任往对方身上推。县长家很快就像油锅一样炸开了，争吵声、叫骂声，快把房顶给掀了。

正在大家争吵的当儿，一名宪兵走了进来，面无表情地大声宣布：“奉圣旨从彼得堡来的长官要你们立即去参见。行辕就设在旅馆里。”

宪兵的话像一记重锤，砸在了所有人的心上，他们仿佛被施了定身术，全都愣在原地，没有一点儿反应。

大厅里静极了……

七　造谣学校

·作品评价·

《造谣学校》是谢里丹的代表作。在这部剧作里，他大胆地揭露了英国上流社会以捏造事实为乐趣的低俗趣味，批判了他们道德沦丧和生活的奢侈糜烂。他含蓄地指出，只有远离城市才能改变这种现状。由于他有杰出的口才，所以其剧作显得语言活泼，对话俏皮幽默，场面妙趣横生。特别是梯泽尔夫人躲在屏风后面那场戏，将人物的思想、性格特征和戏剧的情节非常好地结合在了一起。此剧作被视为仅次于莎士比亚作品的巨作。

谢里丹（1751年—1816年）

英国十八世纪风俗喜剧的代表作家。曾做过剧院老板和国会议员。写有《情敌》《圣帕特里克日》《斯卡波罗之游》《造谣学校》《批评家》等喜剧。这些作品都是以启蒙主义的批判精神揭露英国上流社会的伪善、荒淫等腐败现象。代表剧作是《造谣学校》。作者借这部剧作讽刺英国上流社会道德败坏的腐朽生活，颂扬理想化资产者的正直和善良。谢里丹善于创造生动风趣的情节，富有戏剧性的计谋成分以及流利俏皮语言的戏剧，因此很受观众和读者的欢迎。

故事发生在十八世纪的英国上流社会。那是个以造谣、诽谤为时尚的年代，在太太绅士们的圈子里更是如此。他们最喜欢做的事情就是聚在某个人家的客厅里，东家长西家短地说个不停，几乎会将所有他们认识的人议论一遍，结果使得流言蜚语漫天飞扬，由此造成了很多悲剧，而故事也就此拉开了序幕。

这是个冬日的傍晚，伦敦上空笼罩着阴云，街上行人非常稀少，人们都裹紧大衣、缩着脖子，步履匆匆地走过，温暖的家在时刻召唤着人们回归。

在市中心一座华丽但略显陈旧的房子里，史尼威尔夫人正坐在梳妆台旁边，一边仔细检查自己的妆容，一边和史内克聊天。虽然已是徐娘半老，但优越的生活条件还是使史尼威尔夫人风韵犹存。可岁月终究是残酷的，她年轻时候那双炯炯有神的蓝灰色眼睛已经失去了昔日的纯净清澈，取而代之的是冷漠、狡黠和令人难以察觉的恨意。对了，要强调的一点是，史尼威尔夫人是这一带赫赫有名的长舌妇。

“史内克先生，事情办得如何？”史尼威尔夫人从镜子里向史内克投去淡淡的一瞥。

“夫人放心就好了，事情是我一手办成的，肯定不会被人看出破绽来。”史内克对自己的办事能力充满自信。

史尼威尔夫人点点头：“那你有没有把布里特儿夫人和波斯托上尉私通的事儿传扬出去呢？”

“当然。我保证二十四小时后，事情就会传到克雷奇特太太耳朵里，到那时候，也就意味着所有人都知道这件事了！”

“那可不，要知道克雷奇特太太可是一个相当能干的人哦！”史尼威尔夫人揶揄地说。

“是啊，她绝对称得上是能耐大的人啊！我听说，到目前为止，她已经成功拆散过六对姻缘，使三个儿子失去了继承权、四对情人私奔了、九对夫妻分了居。但她无中生有的行为太过粗鄙，跟您高雅的造谣功夫是绝对不能相提并论的。你知道吗？大家都说夫人的一个眼神都比别人一车话要厉害得多啊！”

听到史内克的奉承，史尼威尔夫人一脸不屑。她冷淡地说：“我从来都不是什么伪君子，但我也不否认自己能从造谣生事的流言蜚语中得到莫大的快乐和满足。可你知道，我为什么会这样吗？就是因为我年轻的时候被人用谣言中伤过，从那个时候起，我就发誓，一定要把别人的名誉毁坏到我的程度才善罢甘休。”说起这些陈年旧事，史尼威尔夫人难掩激动的神情。

史内克露出一副了然的神情，但随即又变得困惑不解：“以您现在的身份和地位，为什么不答应约瑟先生呢？他人品那么好，而且前途一片光明，跟他一起过宁静幸福的生活，不是远比费尽心机、用尽手段破坏他兄弟查尔斯和玛丽亚的好事强吗？”

“约瑟没有你想象中那么爱我，我也并不爱他，我们之间只不过是互相利用。”史尼威尔夫人摆弄着手中的酒杯，淡定地说。

史内克听了这话更加迷惑不解，他不明白，为什么这样一个有口皆碑的正人君子要和臭名昭著的长舌妇联手陷害自己的亲弟弟？

“我早就看穿了约瑟的本来面目！在别人眼中他是正人君子，甚至连他的监护人彼得伯爵都被他蒙蔽了。但其实他是天底下最自私、狡猾、恶毒的人，他就是衣冠禽兽！他不仅想独吞父亲的遗产，还想霸占弟弟的未婚妻。”史尼威尔夫人越说越激动，举起酒杯一饮而尽，“而他的兄弟，臭名昭著的查尔斯，虽然别人都说他是花花公子，但其实他才是铁骨铮铮、光明磊落的真男人……”史尼威尔夫人眼中闪过一丝不易察觉的温柔和羞怯，但转瞬即逝，又恢复了一贯的冷酷无情：“只要能把他弄到手，我什么都愿意干！”

此时，仆人进来说约瑟先生来了。紧接着一个玉树临风、潇洒倜傥的年轻绅士走了进来。史尼威尔夫人给他介绍了史内克，并称赞他是值得信赖的朋友。

寒暄了一会儿，史内克起身告辞了。等他走了后，约瑟压低声音劝告史尼威尔夫人不要相信这个人，因为他和自己父亲以前的管家罗利有交往，而自己和罗利素来不和，所以极有可能被他出卖了。

史尼威尔夫人迟疑地看着约瑟，小声嘀咕："是吗？"

而在另一座豪华的宅邸里则住着彼得伯爵，他今年六十开外，和蔼可亲、平易近人，就是有点糊涂。他因为厌恶上流社会爱造谣的恶劣风气，更愿意享受乡村安静祥和的生活。前不久，他特意娶了一个贫苦的农村少女梯泽尔为妻。可让伯爵没想到的是，梯泽尔一进入大城市，马上就被城市生活的灯红酒绿、车水马龙吸引住了。她脱下粗布衣裳，整日穿梭于纸醉金迷的上流社会的沙龙中，并且和那些贵族夫人比吃比穿，还学会了造谣生事，过着挥金如土、奢侈糜烂的生活，仿佛要将自己曾经虚度的青春岁月全部弥补回来。为此，两个人是三天一大吵，两天一小吵。更让老伯爵心中不爽的是，前不久居然传出梯泽尔夫人和查尔斯的绯闻，原本就不喜欢查尔斯的伯爵现在看见他就更添不快了。

而今天一大早，老伯爵就和自己年轻的妻子大吵了一架。

"我决不允许你再随意挥霍了！你大冬天的买这么多鲜花干什么？买这些花儿的钱都够我们开个花店了！"彼得伯爵指着满屋的鲜花，胡子被气得一抖一抖地问。

"天冷花就贵，这也不能怪我啊！我倒巴不得咱们家一年四季都是春天，打开窗就能看见满园玫瑰。"梯泽尔夫人边说边站在镜子前面照自己的花裙子，想象着今天在史尼威尔夫人家的沙龙上该如何风光。她年轻漂亮，多年的劳作让她看上去健康结实、充满活力，但她稚气未脱的脸上满是浓妆艳抹的痕迹，未免显得有些轻佻、俗气。

“你以为你生下来就是金枝玉叶？别忘了，我看见你的时候你还穿着粗布衣裳，站在鸡圈前喂鸡呢！”

“我当然没忘！我就是为了摆脱那些可恶的过往才决定嫁给你的！不然的话，我为什么要嫁给一个完全可以做我父亲的老头子？”

这番话把老伯爵气得不轻。当初她是那么惹人怜惜，她在乡间舞会上的暗送秋波直接就把他这个老光棍给电晕了，结果他就义无反顾地跳进了婚姻的围城。老伯爵停了一会儿，才开口说：“你没忘记是我这个能当你父亲的老伯爵把你从一个没钱、没地位的乡下姑娘变成现在这种模样的就好。”

“那你干脆好人做到底，把我变成你的……”

“寡妇?！”

“嗯哼！”梯泽尔夫人耸耸肩，故意气老伯爵。

“你……”老伯爵倒在沙发上，一时被气得说不出话。

“好了，你说够了吧？史尼威尔夫人的沙龙马上就要开始了，我可不能迟到啊！”

彼得伯爵看着年轻的妻子走出房间，回想这些日子发生的一切：六个月前他娶了梯泽尔夫人，以为自己会成为世界上最幸福的人。可事情完全不是他想象的那样，在去教堂的时候他们就开始嘀嘀咕咕了，教堂的钟还没敲完就大吵了起来。度蜜月的时候，有好几次彼得伯爵都被梯泽尔夫人气得说不出话来。朋友们还没有向彼得伯爵道完喜，他就已经失去生活的乐趣了。他以为自己挑了一个纯朴的乡村姑娘，当初的她除了穿一件绸褂子外就不知道什么叫奢侈，除了一年一度的跳舞比赛，也不知道什么是纸醉金迷。可现在城里有什么时髦玩意儿都少不了她，彼得伯爵因此也成了朋友们的笑柄，报纸还专门写文章嘲弄他。可奇怪的是，彼得伯爵虽然被梯泽尔夫人气成这样却一点儿也不恨她。她那么聪明，那么伶牙俐齿，她生气时小嘴嘟嘟的样子，只要他一想起来就觉得可爱。她越任性、越反抗，彼得伯爵就越喜欢她，越想宠她。

正在这时，管家罗利走了进来，向主人问好。

彼得伯爵跟罗利讲了刚才和夫人吵架的事儿，接着抱怨最近什么都不顺当，就连一直听话的玛丽亚都开始反抗自己了：她不和自己宠爱的约瑟要好，偏偏要和自己一点儿也不喜欢的花花公子查尔斯好，简直不可理喻。

年轻纯洁的玛丽亚是彼得的第三个被监护人，对于查尔斯，她一直坚信他是善良的，是正义的，所以无论外界怎么诋毁查尔斯，她都对他怀着那份感情。约瑟很早以前就觊觎玛丽亚的美色，一心想把她弄到手，做自己的夫人，所以千方百计地破坏她和查尔斯的感情。玛丽亚正是因为清楚约瑟的为人，才更加坚定了对查尔斯的感情，虽然这使得她和老伯爵之间的关系变得异常紧张了。

罗利低下头沉思了一下，对老伯爵说："伯爵，恕我冒昧，对这两个年轻人，我有和您不一样的评价。我敢用性命保证，约瑟绝对不是你想象中的那种人，您千万不要被他蒙骗了。”

彼得伯爵坚定地摇摇头，说：“自从他们的父亲死后，我一直担任他们的监护人，直到他们的叔叔奥立佛爵士给了他们一大笔财产后，他们才开始独立生活。我看着他们长大，还有谁比我更了解他们？约瑟绝对是正人君子，查尔斯却没有半点道德感和羞耻心，只知道挥霍浪费。要是奥立佛爵士知道了，一定会气死。”

“我来正是要告诉你，奥立佛爵士回来了，他一会儿就要来拜访您。”

说到这里，你一定很奇怪彼得伯爵和约瑟、查尔斯之间的关系。约瑟和查尔斯是彼得伯爵老朋友萨费思先生的两个儿子。萨费思先生临终时将两个儿子托付给了彼得伯爵，让他做他们两个的监护人。而奥立佛爵士则是萨费思先生的弟弟，他早年去了印度，经过多年的打拼，现在已经资产雄厚，他也正是兄弟俩主要的经济靠山。此次他回来，是因为接到了彼得伯爵的信，信上说查尔斯生活糜烂、品行不端，已经到了病入膏肓的地步。他看了信大吃一惊，没来得及回信就急急忙忙地赶了回来。但在见到彼得伯爵之前，他却从管家罗利那里得到了完全相反的看法。迷惑不解的奥立佛爵士决定设计揭开事情的真相。

“哦，尊贵的彼得伯爵，你好啊！”随着一阵爽朗的笑声，奥立佛爵士进了屋。他整个人看上去神采奕奕、精神矍铄，尤其是那双目光锐利的眼睛，更是透出睿智的光芒。

“哈，奥立佛爵士，欢迎你回来！想想我们都已经十多年没见面了，这次见到你真高兴啊！”彼得伯爵走上前，给了奥立佛爵士一个结实热情的拥抱。

“听说你结婚了，这也是劫数难逃，我祝你快乐啊！”

彼得伯爵不好意思地摇摇头，建议不提这个，直接讨论查尔斯的事情。奥立佛爵士却说自己已经和罗利讨论过这件事了，至于谁是绅士、谁是流氓现在还不确定，他决定趁机设计考验他们一下，到时候真相自然见分晓了。

彼得伯爵一听大摇其头：“我敢用自己的名誉担保，约瑟绝对是有口皆碑的正人君子，这是有目共睹的！而查尔斯也真的如我信中所说，已经坏得无可救药了！”

“呵呵，那可不一定啊！有口皆碑的不见得是好人，年少轻狂的也不见得就是坏人啊！您别忘了，我哥哥年轻的时候也不是有口皆碑的好人啊，但他一生真诚待人、扶危济困，他去世的时候不知道多少人悼念他呢。”

彼得伯爵一时无语，只好同意了奥立佛爵士的建议。

虽然已是深夜，但史尼威尔夫人家的客厅里依然是灯火辉煌、高朋满座，史尼威尔夫人春风满面地周旋于其中。这些沉醉于温柔乡的人们正在闲坐着聊天，度过漫漫长夜。

其他人都在热火朝天地聊天，只有玛丽亚一个人闷闷不乐地坐在一边，无聊地看着眼前的一切。她不喜欢这些人的做派，不知道这些人为什么热衷于聚在一起捏造是非，对别人极尽挖苦讽刺之能事。别人一点点的生理缺陷或者行为上的小疏漏都会成为他们恶意攻击的对象，更有甚者，则喜欢捕风捉影、无中生有，捏造莫须有的事实来消遣娱乐。殊不知这些谣言已经害得多少人妻离子散、家破人亡，甚至背上了一辈子都洗刷不掉的污点。他们却对此毫不在意，别人被害得越惨，他们越高兴，完全不在乎别人是死是活。尤其是那个班杰明爵士，年纪轻轻的大男人不知道干点正事，却跟这些女人们混在一起嚼舌根，不学无术还自诩是个大才子，简直厚颜无耻到了极致。而他居然不长眼地向自己求婚，一想到这件事，玛丽亚就有呕吐的冲动。

坎德尔太太看见玛丽亚闷闷不乐地坐着不说话，就关切地问她怎么了，是不是和查尔斯吹了，然后就说："查尔斯确实不是什么正人君子，全城的人谁不知道他是奢侈浪费的'排头兵'呢。"

班杰明爵士也不知趣地凑过来说："没有人比查尔斯更显赫奢侈了，他去饭店吃饭都要带十多个保镖，排场简直大死了。"

此时约瑟及时出来救场了："喂喂喂，你们说话最好收敛一点啊，我这个做哥哥的可还在场呢。"

克莱布特里问约瑟："听说你叔叔奥立佛爵士快回来了，真的假的？"

约瑟听后大吃一惊，说自己并不知情呢。

"他在印度待了那么久，现在回来一定会被查尔斯的行为惊得昏厥过去的。"

"哦，别这么说，不管查尔斯荒唐到什么份上，我这个做哥哥的一定不会到叔叔那儿去打小报告的。"

"可这是和尚头上的虱子——明摆着的啊！查尔斯已经把家里能卖的东西都卖了，还欠了一屁股债，没有人愿意借钱给他，他已经快完蛋了！"班杰明爵士晃着酒杯大声说，还用眼睛不时地瞄玛丽亚一眼。

玛丽亚厌烦地踱到阳台上，阳台上鲜花盛开、香气扑鼻，可仍然不能赶走玛丽亚的坏心情。约瑟瞅准这个空子，立刻尾随到了阳台上。

“玛丽亚。”约瑟貌似谦卑地低声叫道。玛丽亚装作没听见，转过头去摆弄鲜花。“玛丽亚，我特别能理解你的心情，跟这些家伙没办法高兴起来。你不要当真，他们只是跟你开玩笑罢了。”约瑟柔声地安慰道。

玛丽亚愤怒地说：“如果随意捏造事实伤害别人是他们的本能，那就更卑鄙可耻了！”

“玛丽亚，你对每个人都那么体贴、谅解，为什么独独对我这么冷若冰霜呢？”约瑟用一种极痛苦的语气说。

玛丽亚依然面无表情地望着远方，沉默无语。约瑟悄悄把手搭上了玛丽亚的肩头，玛丽亚连忙躲开，说：“约瑟先生请你放尊重些，我已经有心上人了。”

“假如浪荡子查尔斯不是我的情敌的话，你是不会这样对待我的，也不会这样违背彼得爵士的意愿。”约瑟恨恨地说。

“你这样逼我实在不够大方！不过不论我对查尔斯怀有什么样的感情，我都不会因为他的艰难困苦，像亲哥哥那样将他抛弃的！”说完，玛丽亚看也不看约瑟，转身匆匆离去。

“玛丽亚！”约瑟追了上去，拉着玛丽亚的袖子说，“不要这样离开我，我发誓我说的都是真话！”约瑟一边说，一边单腿跪在了地上，一只手捂住胸口，一只手则夸张地伸了出来。他正要继续说下去，忽然转变了语气，大义凛然地对玛丽亚大声说：“不！你不能这样说！因为我……我非常尊重梯泽尔夫人！”

“梯泽尔夫人？”玛丽亚一怔，但回头看见梯泽尔夫人正向这边走来，心中了然，便趁机转身离开了。

梯泽尔夫人见约瑟跪对着玛丽亚的背影，惊诧地问道：“这是怎么回事？你为什么给玛丽亚下跪？”

约瑟站起身，掩饰道：“噢，梯泽尔夫人你千万不要误会！玛丽亚怀疑我和你……并说要告诉彼得爵士，我正跟她解释呢。”

梯泽尔夫人心中狂喜，她没想到约瑟先生这样的绅士居然会对自己有兴趣，虚荣心立刻得到了极大的满足。但她仍半带嘲讽地说：“是吗？你说话的时候温柔有礼，跟别人辩论的时候却喜欢给别人下跪吗？”

约瑟有点尴尬地笑笑，说：“哦，尊贵的夫人，她不过只是个小孩子而已啊！我这样说话是为了显得……显得更亲切些罢了。”他赶紧转移话题：“夫人，你不是答应去我家看我的藏书吗？什么时候去呢？”

梯泽尔夫人愣了一下，她没想到约瑟会这么直率地约自己。“再说吧！我可以答应做你的情人，但毕竟有些界限我不能逾越……我们还是进去吧，免得被人发现了！”说完瞟了约瑟一眼，颇有点含情脉脉的意味，之后提着长裙离开了。

约瑟望着梯泽尔夫人的背影，头上冷汗直流。原本自己只是想把玛丽亚的事情给掩饰过去，顺便讨好一下她，向她献献殷勤，免得给自己找麻烦。可没想到，梯泽尔夫人这个乡下妞儿竟然把这些逢场作戏当真了，还真想跟自己有个后续。约瑟觉得自己已经爬到了老虎背上，不知道该如何收场了。

经过多日的酝酿，奥立佛爵士已经跟罗利管家商量好了计策，准备考验他的两个侄子。不久前，约瑟和查尔斯的亲戚史坦利先生由于经营不善遭遇破产。在被拘禁期间，他向约瑟兄弟俩

都发出了求救。但据罗利说，约瑟在接到信后只是口头上安慰了一下，并没有什么实际行动；而查尔斯则准备通过借高利贷来筹款。奥立佛爵士准备分别扮成高利贷商人和史坦利本人，亲自拜会一下自己的侄子。当然，不用担心奥立佛爵士被认出来，因为约瑟和查尔斯已经很多年没见自己的叔叔了。

奥立佛爵士先是扮成高利贷商人，和一位精通此道、和查尔斯在生意上有来往的摩西先生一同来敲查尔斯的门了。

此时查尔斯正和哈里·笨倍尔爵士、凯儿勒斯以及几位浪荡青年在家里喝酒呢。正当他们喝得开心的时候，仆人带着奥立佛爵士两个人走进了客厅。刚一进客厅，浓郁的酒气和刺耳的喧闹声就像浪头一样扑了过来。奥立佛爵士环顾四周，发现屋子里空荡荡的，哥哥多年前收藏的那些精美的绘画和古玩早已经没了踪影，除了几样破败的家具，屋里已经没有什么值钱、像样的东西了。爵士在心中暗暗骂了一句："这个败家子！"

两个年轻人举着酒杯，摇摇晃晃地来到了客厅，爵士一眼就认出了自己的侄儿。他和小时候一样，还是那么英俊，带着一股与生俱来的潇洒不羁，这点完全遗传于他的父亲。

查尔斯问摩西，这位是否就是高利贷商人普利米埃姆先生。摩西回答是的，很明显查尔斯没有认出自己的叔叔。查尔斯请他们坐下，那个酒肉朋友则知趣地走开了。

"普利米埃姆先生，咱们不用客套了，开门见山地说吧。我是个挥霍奢侈的青年，我想借些钱，而你可以把钱借给我，这样说够明确吧？"

奥立佛爵士笑笑，说："查尔斯先生果真够直爽，我喜欢！

我确实可以借给你钱，但我想知道你要用什么做抵押呢？看你目前的情况，应该已经没有土地了吧？”

“除了窗外的几个花盆，我没有一寸土地，甚至连一个小树枝都没有。”查尔斯一脸苦笑。

“股票呢？”

查尔斯摇摇头。“那有人可以做担保吗？”查尔斯想了想近在咫尺但一毛不拔的哥哥，又想了想远在天边、远水救不了近火的叔叔，摇了摇头。

爵士想了想，问：“那有没有什么东西可以变卖？听说你父亲留下了很多金银器。”

“呵呵，早就卖光了！”

“那你父亲的藏书呢？”

“也卖掉了！”

爵士听了目瞪口呆——我的老天，那可都是传家宝啊！他清了清嗓子，问：“那么，什么家产也没有了，是不是？”

查尔斯沉思了一会儿，突然拍着大腿叫道：“对了，我楼上还有很多祖宗的画像，如果你有兴趣的话，我可以贱卖给你！”

“简直浑蛋！”奥立佛爵士气得差点说不出话来。他咬了咬牙，忍住怒气说：“可你是不会出卖祖宗的，是不是？”

谁知查尔斯却一脸满不在乎地说：“只要你肯出高价，我连曾祖父都可以卖给你！”

奥立佛真想冲上去给查尔斯几个耳光，好让他清醒过来。但此时查尔斯内心深处也很不平静，他明白自己这样的做法是不应该被原谅的。但一想到史坦利先生家穷苦的现状，他就难受到不能坐视不理。这些画像虽然珍贵，但活人更重要啊！“上帝啊！原谅我吧！天堂里的老祖宗的画像可以救活一家人，他们知道后也会原谅我的！”查尔斯在心中默默祈祷。

查尔斯一直以来就是这样，乐善好施、重情重义，只要自己有饭吃就绝对不忍心让别人饿着，自己有衣服穿就不会让别人冻着。正是因为这样，再加上自己今朝有酒今朝醉的做派，才会惹得叔叔不高兴。

查尔斯把他们带到楼上的画像陈列室，墙上挂满了自威廉一世征服英国开始到现有的萨费思家族所有人的画像。祖先们或坐，或站，或骑马，或读书。查尔斯潇洒地一伸手：“来吧，先生们，萨费思家族成员的画像全在这儿了！”

查尔斯指着其中一幅画像说：“这位是我的叔公，拉佛莱恩爵士，一位非常了不起的将军，赫赫有名的大英雄，曾在普拉格特战役中伤了眼睛。你只要出十镑，它就是你的了。”奥立佛爵士在心中感叹，一位大将军原来只值十镑。

“这位是我的姑妈黛博拉，这幅画像可是芮勒的杰作，五十镑也归你了。”奥立佛在心中慨叹，可怜的女人，原来只值这么点钱。

接着，一位大法官被卖了四镑，一个市长连同两个市政官员被卖了六镑。到最后查尔斯不耐烦地说：“这样卖下去还不得一整天啊？干脆这样吧，我们来批发，你给我三百镑，剩下的这些你全拿去。”

奥立佛爵士在心中叹气，心想这个侄子看来真的无可救药了！于是就和摩西开始动手摘画像。

忽然，查尔斯从摩西手中抢过一幅画像，说：“等等，这张我不卖！”

奥立佛仔细一看，原来是自己十年前离开英国时候的一张画像。他诧异地问查尔斯：“为什么不卖？这张难道有什么特别？”

查尔斯一改刚才的玩世不恭，深情地凝望着画像，严肃地说：“画像上的人是我的叔叔奥立佛爵士！自从我父亲去世后，他就是这个世上最疼爱我的人了。我只要有一间屋子能藏得了它，就一定会保存好它。”查尔斯抚摸着画像，眼眶渐渐湿润了：“叔叔远在印度，不知道他现在怎么样。”想起自己因为生性率直，不肯迁就贵族的繁文缛节、陈规陋习，结果遭世人排挤和诋毁，就连亲哥哥都不理睬自己，最近玛丽亚也不知道为什么突然对自己冷淡起来，只有记忆中叔叔的笑脸一直在默默地安慰自己。奥立佛爵士见状，在内心叹息道：“这小子还算有良心，还惦记着我这个叔叔呢！”想起以前自己和两个侄儿在一起的快乐时光，奥立佛嘴角露出微笑。那时候这两个家伙天天黏着他，把自己当作父亲一样崇拜和依赖。

奥立佛大声说：“真遗憾，我偏偏就喜欢这张画像，你看你要多少钱才肯卖给我！”

查尔斯把画紧紧抱在怀里，说：“不卖！我再说一遍，不卖！”

“八百镑，如何？”

摩西在一边着急了，示意查尔斯赶紧出手，这样的价位可不多见。

查尔斯有点怒了：“就是八千镑我也不卖！它对我来说太珍

贵了！”

“那好吧，从现在起除了你的叔叔，这屋里所有的画像都归我了。”奥立佛爵士一边往外走，一边在心里感叹：这小子尽管败家，但也是个可爱的败家子。他不得不承认，查尔斯刚刚深深感动了自己。

交易完了后，奥立佛走出查尔斯家没多远，罗利就追了上来，说：“查尔斯让我赶紧把这些钱给你——哦，不，是给你即将扮演的可怜的史坦利先生——送去。”

“这小子看来还真的很善良，刚拿到钱就去帮助别人了。好吧，那让我来帮他还清债务吧，所有的债务。”奥立佛做出了决定。

自从知道自己的叔叔即将回来的消息后，约瑟就开始变得恐慌起来。他知道奥立佛是个精明的生意人，在江湖上打拼了这么多年，阅人无数，一眼就可以看穿自己的底细，他是绝对不会像彼得伯爵那样好骗的。而且奥立佛一直偏爱查尔斯，他这一回来，约瑟想要独霸财产的计划搞不好就要落空了。所以，约瑟决定抓住梯泽尔夫人这根救命稻草来影响彼得伯爵，让他在奥立佛叔叔回来前，将父亲的遗产全部划到自己名下。

而梯泽尔夫人在拒绝了约瑟的邀请之后，只要一想起约瑟那优雅的风度、儒雅有礼的举止就觉得后悔不已。他简直太有魅力了，自己好像已经完全被他迷住了，变得越来越心痒难耐、寝食不安。最后她决定打破自己旧有的思维框架，接受约瑟的邀请。

这天清晨，约瑟正在家里的藏书室里焦急地踱着步。他撩开窗帘往外瞧了瞧，转身问仆人：“有没有梯泽尔夫人给我的信？”

"没有，先生。"

约瑟暗自思忖：奇怪，如果她不来的话，也该给我捎个信啊。正在这时，外面传来了一阵轻轻的敲门声。仆人去开门，一个俏丽的身影闪了进来。

"亲爱的，你怎么现在才来？我等你等得心急如焚。"约瑟殷勤地扶着梯泽尔夫人坐在椅子上。

梯泽尔夫人脱下大衣道："哦，现在你应该更同情我。难道你不知道最近史尼威尔夫人在跟我过不去，捏造我跟查尔斯暧昧的绯闻？老家伙在吃查尔斯的醋，所以一直监视我。"梯泽尔夫人摘下帽子和面纱，露出忐忑不安的神情："真希望查尔斯和玛丽亚早点结婚，这样彼得就不会再怀疑我了。"

约瑟在心中暗暗说这怎么行，表现出来的却是另一副神态："我也这样认为，梯泽尔夫人。这样我最欣赏的梯泽尔夫人就不会怀疑我对玛丽亚那个傻丫头有意思，而相信我心里只有你一个人了。"

梯泽尔夫人羞涩地低下头，约瑟慢慢凑过去，坐在她身边。"现在你看出来了吧，即使你什么都不做，也有人要造你的谣，你的丈夫还会无缘无故地怀疑你。所以，不要为难你自己，你想做什么就做什么，这才是对待谣言最好的方法……"说着轻轻地揽住了她的腰。

"你的意思是……让我牺牲我的贞操来保住我的名誉？"

"就是这样，宝贝儿。"约瑟心中一阵窃喜，没想到梯泽尔夫人这么快就动摇了，"这样就可以惩罚彼得伯爵对你的无端怀疑了。"

他伸过手去握住她的手，正想说什么，突然仆人走了进来。约瑟大怒：“你在干什么？难道不知道进门前要先敲门吗？”

“请原谅，主人，如果我有时间通知你彼得伯爵来了，就一定会事先敲门了。”

“什么，彼得伯爵？”两个人同时被惊得一跃而起。

梯泽尔夫人惊慌失措，尖叫起来：“怎么办？怎么办啊？天啊，我完了，我真完了！”约瑟则将她一把推到了屏风后面，藏了起来。之后赶紧拿起一本书假装读起来。

彼得伯爵推门而入，约瑟站起身，将他请到沙发上坐下。

彼得伯爵一副心事重重的样子：“我有件心事想跟你聊一聊，因为只有你最值得我信赖了。”

“哦，听您这么说，我备感荣幸。您请讲吧，我自然是洗耳恭听。”

“我终于知道梯泽尔夫人为什么不把我放在心上了，原来她是另有新欢了。”

约瑟紧张地问：“真的吗？您不是在吓唬我吧？”

“是真的！”彼得痛苦地把脸埋在手心中，羞愤难当。

“是谁？”约瑟觉得自己的心都快从嗓子眼里跳出来了。

“查尔斯，你的弟弟。”

约瑟长长地出了一口气，把心放回了肚子里：“不太可能吧，查尔斯虽然放荡不羁，但不至于做这种道德沦丧的事情。”

彼得伯爵愤愤地说：“查尔斯什么时候和道德沾过边。偏偏是我的老朋友奥立佛的侄子干这种事，这真让我伤心难过。”彼得伯爵叹了口气：“你说，为什么同父同母的两个兄弟，差距会这么大呢？你有这么高尚的情操，而他，简直……唉！”

“忘恩负义从来都会给人带来成倍的伤害。”约瑟装出一副深明大义的样子，说，“如果这件事是真的，那我会毫不犹豫地跟查尔斯断绝关系，并且将他做的这些龌龊事公之于众。”

彼得伯爵彻底被约瑟打动了，他拉着约瑟的手，感激地说：“你真的太高尚了，我的朋友！只是……梯泽尔夫人……”

约瑟看了看屏风——梯泽尔夫人的藏身之处，故意大声说：“梯泽尔夫人那样纯洁的女人是不会做出背叛您的事儿的。”然后压低声音，在伯爵耳边说：“也许她只是一时糊涂，被查尔斯蒙骗了……”

彼得伯爵此时早已忘了愤怒，禁不住对约瑟诉起了衷肠：“尽管梯泽尔总是和我吵架，可她不知道我有多爱她。她那么天真纯洁，一直生活在乡下，怎么看得透人心的复杂？我特别担心她被史尼威尔夫人教坏了，所以才时时提醒她，才对她那么不放心，可我的良苦用心……唉！”伯爵叹口气，继续说：“我一生茕茕孑立，一直到晚年才遇见她这个值得我爱的女人，所以我一定要好好对待她。我草拟了两份财产转让的证明，一份是在我活着的时候，她可以享受每年八百镑的生活费；另一份是在我死后百分之六十的遗产都将归到她的名下。”

听到这里，屏风后面的梯泽尔夫人早已经泪流满面，她终于明白，伯爵才是最疼爱自己的人。她为自己以前的言行感到后悔，发誓以后一定要好好对待伯爵。

伯爵突然又想起了玛丽亚的事，就关切地问约瑟和玛丽亚有没有进展。约瑟心中暗暗叫苦，心想要是被屏风后面的梯泽尔夫人听见一切就全完了，于是赶紧阻止他说：“请您别提了，在您的幸福发生问题的时候，我的失望又算什么呢？”

这时候，仆人急匆匆地跑进来，说查尔斯来了。

约瑟厌烦地说：“就说我不在家，出去了！”彼得伯爵却眉头一皱，计上心来：“不！你正好可以趁此机会拿刚才的事质问他，听听他是怎么回答的，你刚才不是说他是无辜的吗？”说完就要往屏风后面藏，约瑟正要拉住他，他却自己站住了：“天啊，怎么回事？我发誓刚才我看到了一个女人的裙子！”约瑟仰头大笑：“那是一个法国女裁缝，您知道追我的人一直很多，在您进来的时候，她怕丢脸就躲到屏风后面去了。”

彼得伯爵叫苦连天：“约瑟，没想到你……唉，我讲我妻子的话全被她听去了。”说罢便顺从地躲进壁橱内。

查尔斯大步走进房间，喊了句“哥哥”。约瑟冷冷地说：“你都干了些什么？我听说你试图把梯泽尔夫人从彼得伯爵怀中抢走。”

查尔斯大喊冤枉：“这怎么可能？你又不是不知道，我心里一直只爱玛丽亚一个人，我从来没打过梯泽尔夫人的主意。”

“难道你没对她动过心？”

“我可以对天发誓，如果我有此心就……就天打雷劈！”查尔斯激动地说，“这又是谁编出的谣言？”

这时彼得伯爵从壁橱中钻出来，握住查尔斯的手，说自己错怪他了。

谁知这边的风波还没有平息，仆人进来说史尼威尔夫人来了。焦头烂额的约瑟只恨自己分身乏术，他临下楼前不放心地叮嘱彼得伯爵千万不要将女裁缝的事儿透漏出去。可谁知约瑟刚下楼，彼得伯爵就对查尔斯神秘地笑笑，然后将女裁缝的事告诉给了查尔斯，眼睛还向屏风后面眨了眨。查尔斯好奇心大发，一心想知道一直标榜洁身自好的约瑟的情人究竟是什么样的，于是走过去动手推倒了屏风。恰在约瑟安抚好史尼威尔夫人，跨进门来的一刹那，屏风轰然倒地，梯泽尔夫人出现在了众人面前。

这个意想不到的事件简直让彼得伯爵目瞪口呆。约瑟当时傻了眼："听我解释……那个……今天早上……梯泽尔夫人担心我……不……怀疑我跟玛丽亚……"

梯泽尔夫人痛悔交加，哭着打断约瑟的话，向彼得伯爵说出了真相。彼得伯爵冷笑着说："不必了，我再也不会相信你了。"说完拂袖而去。梯泽尔夫人哭着追了出去。而约瑟，这个一向言辞凿凿的伪君子，再也无话可说了。

史尼威尔夫人安慰约瑟，说事情还是可以有转机的。就在约瑟懊恼不已的时候，奥立佛假扮的史坦利先生敲开了约瑟的家门，史尼威尔夫人只好暂时藏了起来。

"我现在哪有时间管这个穷鬼的事儿！"约瑟在心中暗骂。但没办法，为了自己的名誉，也只能辛苦地伪装了。

约瑟强装笑脸，迎上去说："您就是史坦利先生吧？久仰久仰。"

"正是在下。"看着约瑟那副皮笑肉不笑的样子，奥立佛觉得反胃极了，"我很抱歉前来打搅你。你知道我跟你的母亲是亲戚，要不是因为我贫穷，给她的家族蒙羞，一定不会来麻烦你的。"

"没关系，我对你的情况深表同情，如果我是有钱人，一定会毫不犹豫地帮助你。”

“如果你叔叔在就好了，他一定会帮助我，那样我就有救了。”

“我也希望他在这里，只是可惜……”

“我听说他给了你们一大笔钱，你只需要拿出九牛一毛就可以帮助我渡过难关了。”

“我想您一定是搞错了，我叔叔为人吝啬自私，从来没给过我们钱。您知道，这年头慷慨的人已经不多了。”

“什么，他从来没给过你金条和银币吗？”奥立佛觉得自己的好心被狗吃了。

“您可真会开玩笑！还金条银币，他只是偶尔寄过来一些瓷器、红茶和炮仗之类的东西。”

瓷器、红茶和炮仗就是对一万二千镑汇款的报答吗？奥立佛觉得心拔凉拔凉的。

“而且，您也知道，我弟弟查尔斯是有名的花花公子，这些年就算有钱也被我用来接济他了。”

奥立佛在心中冷笑，鬼才相信他的话。

“看来，你是真的没办法帮助我了。”

“真遗憾，如果我有一点能力，也会不遗余力地帮助你的。”约瑟站起身，一副下逐客令的样子。

这时候，罗利进来说奥立佛爵士来了，约瑟觉得非常意外。奥立佛爵士说：“来得正好，尽管他不接济你，但对我这个老朋友应该会有情分的。”“您不能站在这里，您还是赶快走吧。”约瑟说着就慌慌张张地将奥立佛往门外推。

这时候，彼得伯爵、梯泽尔夫人、查尔斯、玛丽亚都出现在了门口。原来罗利已经将奥立佛这些天的经历跟他们说了，他们来就是为了见证约瑟原形毕露的。

“住手，约瑟！你怎么能这样对待你的叔叔呢？难道这就是你欢迎你叔叔的方式？”彼得伯爵厉声质问约瑟。

“奥立佛叔叔！”约瑟看着眼前的“史坦利”先生，傻了眼。

“彼得伯爵，我的朋友和孩子们，我已经完成了对我的两个侄子的考验，事情的真相我已经完全了解了。”奥立佛指着约瑟说，“对这个孩子，我很失望，我很后悔曾给过他那么多钱，还把自己财产的一半交给他保管。他是如此虚伪狡诈、忘恩负义！”

“现在全世界都会知道他的本来面目的，他的名誉已经扫地，算是对他最大的惩罚了。”彼得伯爵说道。

奥立佛把目光转到查尔斯身上。查尔斯想起自己那天对祖宗们的不敬，感到十分不安，便羞愧地低下了头，不敢和叔叔对视。

“你这小子虽然犯了不可饶恕的罪行，但看在你救朋友的分上，更看在你不肯卖我画像的分上，我还是原谅了你。但以后一定不能继续这样胡乱挥霍。”说完，露出了慈祥的笑容。查尔斯抱住叔叔，两个人都流下了激动的泪水。

奥立佛看到了玛丽亚，称赞她是美如天仙的好姑娘，并称赞查尔斯好眼光。玛丽亚羞红了脸，难过地说：“查尔斯已经另有新欢了。”大家面面相觑，不知道出了什么问题，查尔斯更是着急地问：“什么另有新欢啊，我怎么不知道啊？”

这时候，一直沉默的约瑟说话了："弟弟，虽然我一直爱护你，但现在我也没办法帮你遮掩了，因为那样对史尼威尔夫人太不公平了！"说完请出了史尼威尔夫人。

史尼威尔夫人一出来就指着查尔斯的鼻子大骂道："你这个忘恩负义的家伙，你欺骗了我的感情！"

查尔斯完全傻了："叔叔，这难道是你对我的第二个考验吗？"

约瑟咄咄逼人地说："我相信有一个人可以把真相告诉我们大家！"

彼得伯爵笑笑，说："哦，一定是史内克先生了。罗利，赶紧把史内克先生请出来。"

史内克跟在罗利后面，走了进来，说："夫人，请您原谅，虽然您给了我一大笔钱让我撒谎，但他们却给了我双倍的钱让我说实话，真不好意思。"

史尼威尔夫人恼羞成怒，气急败坏地骂道："你这个叛徒，居然敢出卖我！"说完就要走。

梯泽尔夫人拦住她说："夫人，谢谢您费心地利用我的名义给查尔斯写信。同时，代我向造谣学校的同学们问好，还请您这位校长开除我的学籍啊，因为我可不想再像你们一样中伤别人！"

史尼威尔夫人气鼓鼓地走了，而约瑟也不知道什么时候溜走了。到此时，一切误会已经烟消云散，所有的骗局终于降下帷幕，人们剩下的只有一件事，就是为查尔斯和玛丽亚这一对真诚相爱、饱经风雨的恋人祝福！

八　温德米尔夫人的扇子

•作品评价•

《温德米尔夫人的扇子》写于 1892 年，是王尔德的第一个喜剧作品。该剧所讨论的核心问题是淑女与荡妇的区别。王尔德本人的看法是这两者很难区分，只有一念之差：受人尊敬的淑女可能本身就是潜在的荡妇，而被众人指责的荡妇却未必真的那么坏。在表现形式上，一个秘密跟着一个秘密，一个危机跟着一个危机，整个剧作丝丝入扣，高潮迭起，句句精妙，字字珠玑，从而表现了王尔德卓越而精湛的写作技巧。

王尔德（1854 年—1900 年）

英国作家、诗人。出生在都柏林，父亲是医生，兼有考古学和文学修养，母亲则是爱尔兰民族主义诗人。王尔德在牛津大学麦格达伦学院学习期间，成为罗斯金和瓦尔特·佩特美学观点的忠实信徒，是当时唯美主义的代表人物。他主张“为艺术而艺术”，强调艺术的纯粹，认为思想和语言均是艺术的工具，善与恶都是艺术家的材料。他的剧作追求形式、结构上的新奇，作品多以严谨、机智、巧妙取胜，代表作有《温德米尔夫人的扇子》和《莎乐美》。1895 年，王尔德被判入狱，服了两年苦役，其间创作了诗集《瑞丁监狱之歌》和忏悔录《深渊书简》。1897 年，刑满释放后的王尔德身心交瘁地移居法国，却再无大的建树，三年后猝死于巴黎。

一个暖洋洋的春日下午，阳光射进起居室里，温暖安静。女主人温德米尔夫人一边哼着歌，一边布置房间，心情不错。今天晚上，她就要举行生日派对，这标志着她即将告别单纯的少女时代，成为熟女。

温德米尔夫人坐在餐桌边，精心地往花瓶里插着玫瑰花。昨天含苞欲放的花儿今天已经绽放花蕾，飘散着芬芳，就像此时的温德米尔夫人，即将褪去少女的青涩，散发出成熟女人的魅力，变得光艳照人。想起昨晚的宴会，温德米尔夫人就一阵欢喜，那几位年轻的、向她不停献殷勤的绅士，特别是那个表达爱慕十分露骨的达林顿让她心中泛起一阵阵甜蜜。那种感觉，是那么奇妙，让她有点害怕又有点恼怒，可中间好像还掺杂着一丝丝甜蜜和骄傲。

就在这时，管家帕克进来说："夫人，达林顿先生来了。"

温德米尔夫人愣了一下，脸瞬间红了，难道是在做梦？自己正在想他，他就来了？但很快就回过神来说："请他进来——谁来我都见的。"

达林顿年轻帅气，谈吐幽默机智，举止潇洒不羁，非常讨女人喜欢，很多女人对他倾心不已。虽然在伦敦他是赫赫有名的花花公子，可温德米尔夫人总觉得他玩世不恭的外表下隐藏着一颗真诚的心，这是温德米尔夫人从他凝望自己的眼神里读出来的。

"温德米尔夫人，您好啊！"达林顿走进来，向她伸出手。

温德米尔夫人不自觉地把手藏在身后，说："您好，达林顿先生。噢，我不能和你握手……因为我的手被玫瑰花弄湿了。"

达林顿称赞玫瑰花的娇艳，就如同温德米尔夫人一样。他还发现，花瓶旁边有一把精美的扇子。温德米尔夫人告诉他，这是温德米尔先生送给自己的生日礼物，上面绣着她的名字"玛格丽特"。达林顿一边看扇子，一边遗憾地说："要是知道今天是你的生日，我一定会在贵府前的街上铺满鲜花，因为所有的花儿都是为你盛开的。"说完，他用热辣辣的目光凝视着温德米尔夫人。

温德米尔夫人的脸被他的目光灼烧得烫烫的。她低下头，嗔怪地说：“达林顿先生，你昨天的表现让我很生气。”

“告诉我，我做错了什么？”达林顿温柔地在她对面坐下。

“昨天晚上，你老是恭维我。”温德米尔夫人假装镇静地继续插花，极力躲开达林顿的目光。

达林顿哈哈大笑：“啊，原来是这样。你不知道，我们都很拮据，唯一承担得起的就是恭维话了。”

温德米尔夫人摇摇头，很认真地说：“我可是非常认真的。我不喜欢那样，我也不明白，男人们为什么觉得这样的方式能取悦女人。”

看温德米尔夫人一脸严肃的样子，达林顿也郑重地说：“可我是真心的。”

温德米尔夫人抬起头，用纯洁无瑕的大眼睛真诚地望着他说：“我希望你不要这样，我非常喜欢你，这一点你一定也感觉到了。如果我认为你和别的男人没有区别，那我也不会喜欢你了。真的，你比所有的男人都好，只是很多时候你在假装自己很坏。”

“噢，现在有那么多自高自大的人在冒充好人，我倒觉得假装坏一点反而会显得谦恭可爱。何况还有这样的说法：如果你装好人，人家就得对你认真；但你装坏人，人家就不必对你认真了。这就是乐观主义惊人的愚蠢之处。”

“难道你不愿意别人对你认真吗？”温德米尔夫人大惑不解。

“是的，不愿意。我只希望你能非常认真地对待我，除了你之外，不需要任何人对我认真。”达林顿压低声音，温柔地说。

温德米尔夫人小鹿撞怀，慌乱地问：“为什么是我呢？”

达林顿略微迟疑，然后说：“因为我想我们可能会成为好朋友。”

“我想我们已经是很好的朋友了。我们能够一直保持这样的关系，只要你别……别再说那些荒唐无聊的蠢话就好了。”温德米尔夫人觉得有些话必须说了，不然的话，不知道达林顿先生还会讲出什么冒失的话来，“你肯定认为我是一个清教徒吧？是的，我确实有点像清教徒，但我很高兴我以这样的方式被养大。我母亲在我很小的时候就去世了，我一直和裘丽娅姑妈一起生活。她对我要求非常严厉，总提醒我要牢记那些已经被世人遗忘了的是非界线。这样的我看起来有些落伍，是的，我是落伍了，但如果我真的和这个时代合拍，我倒觉得非常遗憾了。”

“你觉得这个时代非常糟糕吗？”

“是的。在现代人眼里，生活就是一种投机。事实上，生活并不是投机，而是神圣的东西。它的理想是爱，它的净化是牺牲。”

达林顿看着纯洁得如同荷花一样、出淤泥而不染的温德米尔夫人，他心里既爱惜又遗憾，这时他突然想起了一件事。

“我想问你一个问题。比如说，当然，只是打个比方——有一对年轻夫妇，结婚两年后，丈夫突然和一个品行可疑的女人成了好朋友，并且经常拜访她，还为她付清各种账单。您不觉得这个妻子应该好好安慰自己一下吗？”

“安慰自己？为什么要安慰自己呢？丈夫无耻，妻子也一定要跟着无耻吗？”温德米尔夫人满脸疑惑地说。

“别用这么可怕的字眼。”达林顿不以为然地说，“您要清楚一点，这个世界上所谓的正人君子其实干过很多坏事。当然，他们最大的坏事是把坏事看得特别重。好人和坏人的分类方法其实很荒唐，正确的分法应该是分为惹人喜欢和招人烦两种。我属于惹人喜欢之列的，而你，自然也是属于这列的。”

温德米尔夫人生活阅历单纯，当然不明白达林顿这番话的深意。她紧锁双眉，继续插着花。

达林顿叹了口气：“我只能说，您对生活和人太挑剔了。您是不是觉得那些犯了错误的女人就是应该不被原谅的？”

温德米尔夫人不假思索地回答：“当然，绝对不能被原谅！”

“那男人呢，您是否也这样认为？”

“那当然。”她脱口而出。

达林顿摇摇头：“生活太复杂了，这些严厉的禁条是不能解决所有问题的。”

“我倒觉得，如果真的有禁条的话，那生活会简单很多。”

“您的看法没有一丝例外吗？”

“没有！”温德米尔夫人斩钉截铁地说。

达林顿先生看着满脸孩子气的温德米尔夫人，笑了：“您真是个迷人的清教徒啊！”

这时，勃维克公爵夫人带着女儿阿伽沙·卡利塞小姐来拜访了。公爵夫人热情地和温德米尔夫人握手，并把女儿介绍给她。看见达林顿先生，公爵夫人连忙打招呼：“您好啊，达林顿先生。我可不能让您认识我女儿，您可太坏了。”

达林顿先生笑着说：“你可不能这么说。要说是坏男人的话，我可一点儿都够不上坏男人的标准。有许多人认为我没有做过一件坏事，当然，他们是背着我说的。”

公爵夫人问起晚上的生日晚会，温德米尔夫人谦虚地说，一个庆祝生日的舞会而已，人不多，时间也不会很长。达林顿先生随即补充了一句：“来的人都非常高雅。”

公爵夫人对这一点表示赞同，她抱怨现在伦敦社交界鱼龙混杂，世风日下，使得她经常为自己的丈夫担心。温德米尔夫人义愤填膺地响应：“那我就率先来抵制，不让任何有丑闻的人到我的生日宴会上来。”

“不能这么说，温德米尔夫人，否则我就要离开了。”达林顿在一边打趣。

他们又闲聊了一会儿，达林顿先生便起身告辞了。温德米尔夫人送他到门口。

“今晚我能来吗？让我来吧。”达林顿用孩子般的口气小声央求道。

温德米尔夫人开心地笑了：“你随时可以来。但请你不要再对别人说那些言不由衷的蠢话。”

“啊，你已经开始改造我了。这可是一件危险的事情。”达林顿调皮地眨眨眼，然后鞠躬离开了。

勃维克公爵夫人见达林顿走了，于是让女儿拿着相册到阳台上去看，然后，牵着温德米尔夫人的手到沙发上坐下谈话。

“亲爱的，我得坦白地告诉你，我替你难受啊！”公爵夫人用无比同情的眼神看着温德米尔夫人。

“为什么呢？”

“哦，当然是因为那个让人讨厌的女人。”公爵夫人愤愤地说，“我兄弟奥格斯塔斯也迷上她了，这简直太丢脸了。她那种人根本没有资格进入上流社会，虽然许多女人的过去都不是很光彩，可没有人像她一样有至少十件的丑闻，而且件件是真的。”

“您这是在说谁啊？”温德米尔夫人一头雾水。

“埃林夫人啊！”

“她是谁？我从来没听说过啊。她和我有什么关系吗？”

公爵夫人诧异地抓住温德米尔夫人的手，瞪大双眼：“你真的一点都没有听说吗？我们现在都在为这件事难受呢。大家都很奇怪，为什么整个伦敦这么多男人，偏偏是温德米尔做出了这件事。”

公爵夫人说温德米尔和埃林夫人关系非常好，一周要去看她四五次，每次要待好几个小时，只要他一去，埃林夫人就谁都不见了。这个刚来伦敦时一文不名的女人自从认识温德米尔以后，一下子就变得富有了，居然在最高档的街区租了一所漂亮的房子，并且每天下午都会驾着自己的马车去逛公园。这个消息宛如一个炸雷，炸得温德米尔夫人瞠目结舌。她怎么都想不到，自己的丈夫居然会干出这种事。他们结婚是因为彼此相爱，现在结婚不到两年，孩子也只有六个月，唇间的蜜吻尚未淡去，海誓山盟犹在耳边，他怎么就……温德米尔夫人心里顿时成了一团乱麻。

“谢谢您，特意来将这些告诉我，但我不相信我的丈夫会对我不忠。”温德米尔夫人强装镇静，礼貌地道谢。

“真是个孩子！我以前也这样认为。但现在我明白了，男人全都是魔鬼。”公爵夫人以一个过来人的口吻安慰了温德米尔夫人一会儿，便带着女儿告辞了。

温德米尔夫人一个人坐在客厅里发呆，此刻她才明白达林顿为什么要打那个比方，原来他们都知道这件事，只有自己还被蒙在鼓里。她想查个究竟，便去书桌里翻丈夫的存折。打开一看，没有异常，温德米尔夫人松了口气。她把折子放回去的时候忽然看到了另外一本折子，一本封好的秘密的折子。她拿裁纸刀裁开一看，里面清清楚楚地写着丈夫付给埃林夫人的每笔款项。原来一切都是真的！温德米尔夫人惊诧地把折子丢到了地上。

“亲爱的，扇子送来了没有？”原来是温德米尔先生回来了。他一进门就看见存折被扔在地上，他吃惊地说：“玛格丽特，我的银行存折为什么被裁开了？你有什么权利这样做！”

“你认为我不该查你的事情吗？”温德米尔夫人气愤地说。

“一个妻子确实不应该侦察她的丈夫。”温德米尔先生冷静地回应。

看到丈夫在事情败露之后如此平静，温德米尔夫人羞愤难忍，随即便将公爵夫人告诉自己的事情一五一十地抖了出来。

“玛格丽特，不要这样在背后讲述埃林夫人，这很不公平！”温德米尔先生打断她。

“不公平？你倒是很怜惜埃林夫人的名誉，我多么希望你也同样怜惜我的名誉啊！”温德米尔夫人愤怒地说，“你别以为我是在乎钱，我们的钱你随便花。我在乎的是你爱我，你还教会了我爱你，但现在你丢弃了你的爱情，捡拾起了金钱打造的爱情。”温德米尔夫人倒在沙发上，失声痛哭：“我觉得我被玷污了，我的爱情被玷污了。在我的记忆中，你曾给过我的每一个亲吻现在都变成了污点。”

“不要这么说，玛格丽特，除了你，这个世界上我谁都不爱。”温德米尔先生真诚地说，然后坐到妻子身边，试图给她擦眼泪。

温德米尔夫人暴躁地甩开丈夫的手，从沙发上站起来，说：“那这个女人是谁？你为什么要为她租房子？”

“玛格丽特，我正要告诉你这件事。我请求你听我说，据我所知，埃林夫人一直非常规矩——”

“哦，我不想听这些谎话。”温德米尔夫人痛苦地捂上耳朵。

“我不准备跟你讲她的过去。我只想告诉你，埃林夫人曾经非常受人尊敬，被人爱慕。她出身名门，但现在她失去了这一切……人们能够忍受外界的种种不幸，但自作孽却会成为一生的隐痛……这是二十年前的事了，那时她只是个女孩子，她做妻子的时间比你现在还短。”

温德米尔夫人撇撇嘴，不屑一顾：“我对她没有半点兴趣，你更不该把这个女人和我相提并论，这非常不得体。”

温德米尔先生见妻子对这个故事似乎听进去了一些，就走近她，恳求道：“玛格丽特，现在只有你能拯救这个女人。她想重新进入社交场合，所以我希望你能帮她。玛格丽特，我请求你给她发一份请帖：请她今晚参加你的生日舞会。”

“什么？你疯了！”温德米尔夫人听后勃然大怒。她没想到，丈夫不仅不向自己道歉，居然还提出这样无理的要求，这难道不是在当众侮辱自己吗？温德米尔先生依然耐心地解释：“人们都在背后说她，但那些事都不是真的，她是正派女人，只要你帮助

她这一次，她就有机会过上比现在更幸福、更有保障的生活了。难道你不愿意帮助一个洗心革面的女人吗？”

“不想！一个真心悔过的女人，是绝不会想再回到毁了她的社交场中去的。”

尽管丈夫再三恳求，温德米尔夫人依然不肯答应。她不想继续纠缠下去，便起身换衣服吃饭去了。出门前，她对丈夫说：

“阿瑟，不要以为我没有父母，你就可以随心所欲地对待我，你这样想就错了，我有很多朋友。”说着一阵辛酸涌上心头，温德米尔夫人眼中泛起了泪花。

温德米尔先生见自己没办法说服妻子，便提笔写了一封请帖，差用人送到埃林夫人处。

见丈夫这样做，温德米尔夫人顿时心灰意冷，万念俱灰。她拿起自己的生日礼物——那把扇子，指着丈夫的鼻子说：“阿瑟，如果那个女人敢跨进我生日舞会的会场，我就用这把扇子抽她。”

“玛格丽特，你不能这样做！”温德米尔先生焦急地说。

“从现在起，你和我各不相干。你不想当众出丑的话，就不要写信给那个女人，邀请她来这里。”

“不，她一定得来！”

“那好，既然这样，我只好按照我说的去做了！”温德米尔夫人摔门而去。

“上帝啊，我该怎么办啊？”温德米尔先生颓唐地倒在椅子上，双手捂住脸。他无论如何也不能告诉妻子埃林夫人的事情，他太了解自己的妻子了，她一向洁身自好，视名誉为生命，她要是知道了真相，准会羞愧而死的。

温德米尔夫人的生日晚会热烈地进行着。室内挤满了温文尔雅的绅士和女士，他们或伴着音乐双双起舞，或三五成群聚在一起聊天。平台上灯火辉煌，棕榈树和鲜花旁，几对年轻人正在那里悄悄地谈情说爱。穿着盛装的温德米尔夫人像只漂亮的蝴蝶，穿梭在各个场所，不停地和客人打着招呼。

勃维克公爵夫人打量了一下四周，奇怪地发现温德米尔先生竟然不在这里。霍泼先生风尘仆仆地来了，他是一个澳大利亚富商的儿子，刚来伦敦不久，他对阿伽沙小姐一见钟情。公爵夫人经过一番考察，对他颇为满意，便有意撮合他和女儿在一起。但她觉得女孩子只有矜持才能更吸引男孩子，所以她不时会设置一点小障碍给霍泼。舞会一开始，她就安排好女儿的最后两支舞是和霍泼到平台上去跳。

果然，霍泼一进来，便请求公爵夫人允许阿伽沙与他跳舞。

“噢，希望她还有一支舞空着。”公爵夫人转向女儿问，“阿伽沙，你还留着一支舞吗？”

“是的，妈妈。”阿伽沙刚说完，霍泼就开心地做出了邀请的动作。

看着他们俩缓缓步入舞池，公爵夫人欣慰地笑了。

这时，温德米尔先生匆匆走进客厅。他焦虑地在妻子耳边说了些什么，温德米尔夫人皱着眉头说：“一会儿就来。”

接着，公爵夫人的弟弟奥格斯塔斯先生也来了。最近他被埃林夫人迷得神魂颠倒，茶饭不思，消瘦了不少。公爵夫人对他的没出息表现很不满。今晚吃饭的时候，公爵夫人还把埃林夫人尽情辱骂了一通，甚至连一块遮羞布都没剩下，但奥格斯塔斯先生根本不为所动。这不，他一进门就拉着温德米尔先生诉起苦来。

“喂，亲爱的，我真不知该怎么办了。埃林夫人对我这么冷淡，但我总忘不了她那聪明透亮的眼睛！”奥格斯塔斯先生带点醋意地说，“但她却为你做了各种解释。”

温德米尔先生回答说，他和埃林夫人的友谊不需要任何解释，并且告诉奥格斯塔斯先生，埃林夫人今晚会来参加晚会。奥格斯塔斯先生以为，温德米尔先生既然敢把埃林夫人介绍给自己的妻子，这至少说明他们俩之间是清白的，因此醋意顿消。

温德米尔先生无意和任何人寒暄，他走到妻子面前，低声恳求她不要冲动，更不要做出什么伤害别人的事。但温德米尔夫人坚持自己的想法，情急之下，温德米尔先生正要将实情说出来，这时候埃林夫人来了。

一个容貌秀丽、举止优雅的女士娉婷地走了进来，吸引了所有人的视线。刹那间，四周安静下来。“啪”的一声，温德米尔夫人的扇子掉在了地上。

温德米尔夫人冷冷地向埃林夫人行礼，埃林夫人也热情地还礼，然后翩然步入客厅。一旁的达林顿先生赶紧将扇子捡起来，交到愣怔的温德米尔夫人手中。达林顿发现温德米尔夫人脸色苍白，像要昏倒似的，于是扶她到平台上透透气。

埃林夫人从容地走到温德米尔先生面前，说：“再一次向您问好。温德米尔先生，您的妻子真是太可爱、太迷人了！”

“您来得太鲁莽了。”温德米尔先生低声说。

埃林夫人微笑着说：“这是我一生中做得最冷静理智的事。今天晚上，您得多费心把我介绍给其他女人。男人呢，我自己可以应付。”

接着，埃林夫人转身去和其他人周旋，她谈笑风生，不久便征服了几乎所有的男人和女人。她还成功地认识了杰勃夫人，就连一向挑剔的勃维克公爵夫人对她也开始赞不绝口。

而此时，备感委屈的温德米尔夫人则在平台上向达林顿先生大倒苦水。

“我感到这儿的每一个女人都在嘲笑我。我为什么要遭这种罪呢？我把我的全部都献给了他，他接受了，享用过了，最后丢弃！”

达林顿先生趁机以知己的口气劝她：“你是不能和这样的人一起生活的！因为他每时每刻都在欺骗你。当他厌倦别人，回到你身边的时候，你还得花时间安慰他。”

“可我向谁求救呢？”温德米尔夫人觉得自己仿佛是一叶浮萍，正随风漂荡，无所归依。突然，她像抓到救命稻草一样对达林顿先生说：“你说你会成为我的好朋友，达林顿先生，做我的朋友吧！”

“男女之间不可能有友谊，只可能有情欲、仇恨、崇拜和爱情，唯独没有友谊。我爱你……”达林顿先生的感情如火山一样喷发了。

“不不不！”温德米尔夫人如同受到惊吓的小鹿，只想赶紧离开。

达林顿先生拉住她的衣襟，深情款款地说：“是的，我爱你！你对我来说，比任何东西都重要。你丈夫给了你什么？什么都没有，他把所有的一切都给了那个可恶的女人。而我愿意把我的生命都献给你……”

“达林顿先生！”温德米尔夫人惊慌失措。

达林顿先生一发不可收：“我的生命，你拿走吧，你可以任意处置它。我从来没有爱过任何人，可我对你一见钟情，那么倾心、疯狂！今晚就跟我走吧！你需要选择一下了，是选择彻底地过自己想要的生活，还是屈服于虚伪的人世戒律，疲惫地过浅薄低下的生活？”

温德米尔夫人慢慢地从他身边走开，低声喃喃地说：“我没有勇气。”

达林顿先生紧跟着她，生怕失去这个大好时机：“不，你有勇气。你可能确实需要忍受半年的痛苦，甚至屈辱，但当你不再姓他的姓，姓我的姓的时候，一切就都没问题了。走吧，勇敢地走出这个屋子。即使他们责备你，又有什么关系呢？究竟是谁的错？一个男人为一个无耻的女人抛弃自己的妻子，这个妻子不离开羞辱了自己的丈夫，这才是错！勇敢些，打起精神来！”

温德米尔夫人心力交瘁，虚弱地坐在沙发上，说：“让我好好想一下，给他点时间，他会回心转意的。”

达林顿先生又开始运用激将法：“那你就等着他回心转意吧！你和别的女人有什么区别呢？都是一样宁可忍受屈辱，也不敢面对世人的责难。你真的是不勇敢！”

温德米尔夫人愈发心乱如麻，她一直擦着额上的汗珠，说：“给我点时间让我思考。”

“现在就给我答复，否则就没有必要了。”达林顿先生口气很是强硬。

“那就算了吧。”温德米尔夫人起身准备离开。

“我的心都要被你揉碎了。”达林顿先生露出一副痛苦不堪的表情。

温德米尔夫人则心想：我的心早已经碎了。

达林顿先生绝望地说：“明天我就离开英国了，这是我们最后一次见面。别了，玛格丽特。”他转身离去。

温德米尔夫人看着他离去的背影，百感交集，顿时觉得自己更加孤独无助了。

晚会接近尾声的时候，客人们一一与温德米尔夫人告别。

埃林夫人和温德米尔先生在客厅沙发上坐着聊天，看上去非常亲密。他们丝毫没有察觉，温德米尔夫人正在一旁用轻蔑和痛苦的眼神看着他们。

原来，埃林夫人打算明天就接受奥格斯塔斯先生的求婚。为了提高身价，增加魅力，她要求温德米尔先生每年送给她两千五百镑作为固定收入，就说是一位远房亲戚留给她的。

温德米尔夫人听到这儿，肺都要气炸了。她下定决心挣脱这个婚姻的枷锁，于是就给丈夫写了一封诀别信，放在桌子上，之后披上斗篷离家出走了。

不久，埃林夫人发现了温德米尔夫人的诀别信，她惊呆了，这一切跟二十年前的那晚一模一样。她竭尽全力想要挽救的悲剧再一次重演，她一定要在温德米尔先生察觉这件事之前，找回温德米尔夫人。

达林顿先生的寓所里，温德米尔夫人站在壁炉前等待主人的归来。此刻她正接受着良心的拷问和矛盾交织的煎熬：他为什么不来？他为什么不在这儿用充满爱意的言辞重新点燃我心中的火焰呢？阿瑟肯定已经看完了我的信，他心中有我的话早已经来把我带回去了，但现在他已经被那个女人驾驭了。女人对男人如果像神一般敬重，他就会离弃；但像禽兽一样，他们反而会谄媚和专一。男人多可怕啊！但哪一种更糟呢，去向爱自己的人乞怜，还是去给羞辱了自己的丈夫做妻子？……啊，阿瑟，当他看到那封信时，该有多难过啊！我留给了他什么？泪水模糊的一双眼和一颗伤透了的心。噢，我必须回去。不，我不能回去。达林顿先生明天就要离开英国了，我不能失去这个机会，我要和他一起离开英国，我没有别的路可选了……不，我得回去，随便阿瑟怎么处置我吧。我不能再待在这儿了，我来这儿已经是足够疯狂的了，我必须马上离开。温德米尔夫人披上斗篷打算离开。

就在这时，门外传来了脚步声。温德米尔夫人一下子慌了：达林顿先生已经回来了，我该怎么办啊？我怎么跟他解释呢？他会不会让我离开呢？人家说男人都很野蛮。

“温德米尔夫人！”埃林夫人推门而入，“谢天谢地，我来得正是时候，您应该立即回您丈夫身边！达林顿先生随时会回来的。”

“别靠近我！”看埃林夫人走近，温德米尔夫人像躲瘟疫一样厌恶地跳开了。

“您现在正站在可怕的边缘，您一定得跟我回你家。”埃林夫人焦急地说。

听到埃林夫人用母亲教训女儿的口吻跟自己说话，温德米尔夫人感觉自己简直受了奇耻大辱，她解下斗篷，扔在沙发上说：

“埃林夫人，如果您不来，我肯定会回去。但现在我看到你，却坚定了不再回去的决心。是我丈夫让你来带我回去的吧？别痴心妄想了，我回去岂不成了掩盖你们之间关系的屏障？我不会干这种傻事的。”

“事情不是你想的那样，你千万不要那样想。”

“埃林夫人，回我丈夫那儿吧。但请你提醒他做好心理准备，因为他将迎接几十年来伦敦最难听的议论，几乎每份令人恶心的报纸上都将出现他的名字，而在各种可怕的招贴上看到我的名字。”

“不，不要！”埃林夫人拼命摇头。

“如果是他来，我承认我会回去，即使要过卑微羞辱的生活——可他竟然没来，居然让你做传声筒。天啊，这太可耻了。”

“你冤枉我了，也冤枉你丈夫了，他现在根本不知道你离家出走了，因为他没看到那封信，他以为你现在正在自己房里睡觉呢！”

“你撒谎！我丈夫如果没看到信，你怎么知道我在这儿？”温德米尔夫人大怒。

“是我拆开信并且读了。”

“你居然敢拆了我给我丈夫写的信？你……”温德米尔夫人无法想象，这个女人竟然如此无耻。

“我敢！为了把您从万丈深渊中救出去，这世上没有什么让我害怕！”埃林夫人从衣服里掏出那封信，扔进了火炉说，“你丈夫没看到你的信，以后也没机会看了。”

温德米尔夫人不相信那是她写的信，她满心认为那是埃林夫人设好的骗局，无论如何都不相信。

眼看时间一分一秒地过去，埃林夫人心急如焚地说："随你怎么想，但还是回去吧，回你丈夫身边吧。"

但还是被温德米尔夫人拒绝了。

埃林夫人向温德米尔夫人发誓，只要温德米尔夫人跟她回去，她将永远不再跟温德米尔先生联系。她还说温德米尔先生非常爱自己的妻子，从没有做过对不起妻子的事儿。他给自己钱，不是出于爱慕，而是出于对妻子的爱，是怕妻子受到伤害。如果早知道温德米尔夫人会对他们的关系如此怀疑，她是宁死都不会在他们之间搅和的。

听了埃林夫人如此诚恳的请求和表白，温德米尔夫人硬如磐石的心终于稍微软化了。她坐到沙发上，冷冷地说："你这样说好像很有良心的样子。但你没有心，你身上只有买卖。"

听了这话，埃林夫人似乎受到了极大的刺激，她努力克制住内心的痛苦，走到温德米尔夫人的身边，伸出双手，貌似非常渴望地想要触摸，但最终还是胆怯地收回了。

"你可以随意评价我，我确实不值得任何人为我难过。"埃林夫人平静地说，"可是你不知道，如果你不立即离开这个屋子，等待你的将是什么样的命运，你不知道被鄙视、遭遗弃、被社会不齿是什么滋味！不知道一个人犯了罪孽就得赎罪，然而赎了还得赎，要赎一辈子，那是种什么样的绝望。我的一生已经被我断送了，但我不允许你重蹈我的覆辙。你还只是个姑娘，既不足够聪明，又缺乏勇气，你根本承受不了羞辱的打击！回去吧，温德米尔夫人，回到你丈夫身边去吧，回到孩子身边去吧。也许现在他正呼唤你呢。”

温德米尔夫人似乎听到了孩子叫“妈妈”的声音，她情不自禁地站起身。

“上帝给了你这个孩子，你就应该让他生活得美好，就要好好照顾他。如果他的一生毁在你的手里，你又怎么向上帝交代呢？回家去吧，温德米尔夫人。你丈夫是爱你的，他爱你的心从来没有动摇过。即使他真有一千次外遇，那你也要和你的孩子在一起，即使他对你动粗，你也得和孩子在一起，即使他抛弃了你，你仍然要和孩子在一起……”埃林夫人一边劝说，一边回忆自己的辛酸过往，不禁泪流满面。

温德米尔夫人泣不成声，她像个孩子似的，无助地伸出双手说：“带我回去吧，埃林夫人。”

埃林夫人想要拥抱她，但又马上克制住了，她脸上流露出奇怪的神情，有快乐又有痛苦。“走吧！”她为温德米尔夫人披上斗篷，扶着她向门口走去。

忽然门外传来一阵脚步声。有人来了！埃林夫人让温德米尔夫人藏到窗帘后，找机会趁机溜出去，她则走到了右边的一扇门后。

达林顿先生等一行人从俱乐部回来了，这其中也有温德米尔先生。

他们坐在客厅里喝酒、抽烟，话题很快就转到了今天的焦点人物——埃林夫人身上，并由此展开了对婚姻和爱情的讨论。

忽然，西塞尔在沙发上发现了一把女人的扇子。他没想到，一向标榜追求纯洁爱情的达林顿先生居然会在家里藏个女人，于是把这件好玩的事告诉了奥格斯塔斯先生，奥格斯塔斯先生又忍不住告诉了正准备回家的温德米尔先生。温德米尔先生一看扇子不禁勃然大怒，因为这把扇子正是他送给妻子的生日礼物。他愤怒地要求立即搜查达林顿先生的房间。

情急之下，埃林夫人从窗帘后面挺身而出。众人惊诧地看着她，温德米尔夫人则趁着这个机会从窗帘后面溜到左边的房间后逃走了。

埃林夫人承认这把扇子是自己拿错了，于是坦然地走到温德米尔先生面前，从他手中接过扇子。温德米尔先生一脸鄙夷地看着她，达林顿是既吃惊又愤怒，其他人则相视一笑。

第二天一早，温德米尔夫人从睡梦中醒来，然后就陷入了自责和忧虑中。她不知道昨晚自己离开后发生了什么事，她也不知道埃林夫人承受了什么样的羞辱。埃林夫人为了她的名节做出了这么大的牺牲，温德米尔夫人不禁为自己曾经对她的辱骂和误解后悔不已。

经过一番激烈的思想斗争，温德米尔夫人决定把昨晚的真相告诉丈夫。

温德米尔先生走进她的卧室，发现她泪流满面，以为她身体不舒服，便温柔地对她说今天带她到乡下去休假。温德米尔夫人却说自己要见埃林夫人。

一提到这个女人的名字，温德米尔先生就一脸厌恶地说："你永远不会再见到她了。"

"为什么？"

"我一直以为埃林夫人真的是一个被别人误解的人，以为她自己想改邪归正，恢复正常的生活。但我错了，她是个邪恶的女人，坏得不能再坏的女人，让她以后从我们面前消失吧。”

“不要这样刻薄地说任何女人。我现在终于明白，人不能被单纯地分为好人和坏人。所谓好女人，身上可能有很多让人畏惧的东西，诸如疯狂、固执、嫉妒和罪恶等；而坏女人身上则可能会有悔过、同情，甚至牺牲。”经过昨晚，温德米尔夫人好像一下子长大了很多，她从一个单纯的小女孩变成了成熟的女人。她用非常肯定的语气说：“而且，我确定埃林夫人是好女人，绝对不是坏女人。”

温德米尔先生惊诧于妻子的变化，他烦躁地站起身，说：“可是，玛格丽特，如果你知道昨晚埃林夫人去了哪里，你肯定不会再这么认为了，整个事情简直无耻到了极点。”

温德米尔夫人决定讲出事实，她说：“阿瑟，我再也受不了了。我要告诉你，昨晚……”

这时，管家进来说，埃林夫人来了。埃林夫人是来送还那把惹祸的扇子的，同时也是来告别的。她将永远离开英国，离开这个容不下自己的伦敦社交圈。她在自己即将成功复出的时候，为了温德米尔夫人自愿放弃了这一切。

埃林夫人向温德米尔夫人讨要一张照片做纪念，因为在漫长的岁月里，她们将不会再见面。温德米尔夫人伤感地到楼上去找自己最美的照片。

趁着妻子不在，温德米尔先生鄙夷地对埃林夫人说：

“有时候，我真希望她能知道真相，这样我这六个月里忍受的痛苦和不安就可以减轻很多了。但是我宁愿忍受这些，也不愿意让我妻子知道真相。就让她一直认为她母亲已经死了吧，而不是一直如此卑微地活着，用假名混迹江湖，招摇撞骗。也正因此，我才帮你一次次还账，任你随意挥霍，还担了风险让你来参加生日舞会。我一直以为，你虽然曾经犯过错，但为人坦率、诚实。但我错了，你能在离开这个屋子不到一个小时的时间里出现在另一个男人家里，就证明你是个绝对的小丑……我厌恶你，你不要再企图接近我的妻子，不要玷污了她身上的天真无邪。”

“我的女儿，你是说？”埃林夫人满脸期待地说。

“你没有权利认她。当她还在摇篮里的时候，你就离开了她，你为了自己的情人抛弃了她。二十年的时间里，你没有跟自己的孩子在一起待过一秒，你甚至想都没想到过她。直到有一天，你看到她和一个有钱的男人结婚后，你才想到她，想到这是个复出的好机会。你很明白，她这样单纯的女孩子如果知道有一个你这样的母亲，一定会感到耻辱。而我，为了不让她承受这份羞辱，忍受了你提出的所有的无礼要求和你所有的敲诈。”

埃林夫人若无其事地耸耸肩说：“不要说得这样难听，我只是看到了属于我的机会，并且抓住了它。”

“是的，你确实抓住了机遇，但昨天你又亲手把它给毁了。”

埃林夫人脸上浮现出让人费解的笑容，说道：“你说得对，我自己亲手把它毁了。”

“至于那把扇子，我坦白地告诉你，它已经被你玷污了，我不会再让我妻子用它了。”

“我会请求玛格丽特把它送给我。”埃林夫人展开那把精美的扇子，细细端详着，说，“简直太美了！”

“你现在来这儿干什么？有什么企图？”温德米尔先生警觉地问。

“当然，我是来向我亲爱的女儿告别的。”埃林夫人用嘲讽的语气说，但很快又变得严肃起来，声音里透着悲伤，“别以为我会抱着她的脖子哭泣，并告诉她事情的真相。我并不奢望她承认我，我这一生中只在昨晚体会到了做母亲的感觉。这太可怕了，太痛苦了……二十年来，我一直在过没有孩子的生活，我以后还是要过这样的日子。就让你的妻子保留这份对已故纯洁无瑕母亲的幻想吧！我不会亲手打破她的幻想，因为我要保留自己的幻想就已经很难了。尽管昨晚我失去了一个幻想。”

“我不相信你说的话，我要亲口对她说这一切。尽管这会使她丢脸。”

埃林夫人着急地说：“如果你告诉她一切，我就让自己变得声名狼藉，这会毁了她生活中的每一刻。我不允许你这样做。”

就在两个人争执的时候，温德米尔夫人拿着照片下楼了。她和埃林夫人坐在沙发上头挨着头亲密地看着照片。温德米尔先生焦虑地注视着埃林夫人的一举一动。

看到儿子的照片，温德米尔夫人告诉埃林夫人，自己的儿子叫格拉特，这是自己父亲的名字，如果生个女儿会取母亲的名字——玛格丽特。她的理想是做一个像母亲一样贤良淑德的女人，如果她失去了这个理想，也就失去了一切。她还告诉埃林夫人，每当父亲提起母亲，眼里都满含泪水，哪怕只听到母亲的名字都会难过不已，父亲真的是心碎而死的。

听到这里，埃林夫人的眼泪几乎就要夺眶而出了。她忙站起身告辞，温德米尔夫人请丈夫出去看看马车到了没有。

支开丈夫后，温德米尔夫人为昨晚的事向埃林夫人道谢，同时表示，她绝不会让埃林夫人蒙受不白之冤，她会将一切向丈夫说明白。埃林夫人则劝她永远不要讲出真相，就让这件事成为永恒的秘密，为了她的爱情和家庭。

临行前，埃林夫人请求温德米尔夫人把那把扇子送给她，因为她的名字也是“玛格丽特”，温德米尔夫人欣然答应了。出门时，她们正好碰见奥格斯塔斯先生，他因为昨晚的事对埃林夫人的品行耿耿于怀，所以态度有些冷淡。埃林夫人毫不在意，她露出动人的笑容，用美妙动听的嗓音要求奥格斯塔斯先生送她上马车。奥格斯塔斯先生马上就像着了魔一样地跟着她去了。

目送埃林夫人离开后，温德米尔夫人幸福地依偎在丈夫的臂弯里。她感慨地说：“阿瑟，我们大家生活在同一个世界，善与恶，罪恶与清白，都相互依存。如果对另一半生活视而不见，以为这样就可以过足够安全的生活，那就好像蒙住眼睛在悬崖边行走。”

这时，奥格斯塔斯先生激动地从门外冲过来，大叫：“阿瑟，她把一切都说明白了！”

温德米尔夫人大惊失色，以为埃林夫人把事实讲了出来。

奥格斯塔斯先生说，昨晚埃林夫人到俱乐部去找他，发现他不在，就到达林顿先生那儿去了。没想到恰好一大群人进来，她被吓坏了，于是躲了起来。

奥格斯塔斯先生此时已经语无伦次了：“我们大家都误解她了。事实上，她正是最适合我的女人，从头到脚都合适。她对此只提出了一个要求：到国外去生活。这个提议太好了，因为我早已经厌倦了这里的一切！”

“埃林夫人已经……”温德米尔夫人吃惊地说。

“是的是的，她已经接受了我的求婚。”奥格斯塔斯先生一脸幸福地说。

温德米尔夫妇相视一笑。

“无疑，你将娶一个很聪明的女人。”温德米尔先生意味深长地说。

“不止，你也娶到一个好女人。”温德米尔夫人紧紧地握住了丈夫的手。

九　贫穷与傲慢

·作品评价·

《贫穷与傲慢》是霍尔堡的代表作，他一方面着力刻画了仆人的机智，表现了纯朴农民深受贵族阶级的压迫，对他们表示深切的同情；另一方面则着力刻画了贵族们的愚蠢，对自大自负、浮华无知的寄生阶级进行了尖锐地批评。剧作语言质朴通俗、妙趣横生，人物个性鲜明、形象真切，情节曲折巧妙、笑料百出。

霍尔堡（1684 年—1754 年）

十八世纪丹麦启蒙运动的先驱。毕业于哥本哈根大学，曾任哥本哈根大学伦理学教授、拉丁文学教授和历史学教授，以喜剧作家的成就蜚声欧洲文坛。他在十八世纪二十年代创作了不少现实主义喜剧，将丹麦文学提高到了一个新的高度。他的喜剧借鉴了阿里斯托芬、柏拉图和莫里哀的作品，但他反对全盘效仿，更主张创新。作品主人公多为小市民、农民等小人物，富于平民气息和生活情趣，代表作有《政治工匠》《假面舞会》《大惊小怪的人》等。此外，还写有幻想旅行小说《尼尔斯·克里姆地心游记》、讽刺长诗《彼得·鲍斯》等。

如果给西班牙的家族们排一下名次，最古老、最高贵的家族的名号一定要给堂腊努多·德·科利勃腊多斯家。早在摩尔人入侵西班牙前大约五十年，他们家有据可查的始祖安东尼奥就已经在埃斯特雷马杜拉定居了。迄今为止，他们的家谱上记载的祖先足足有一千七百三十三个，当中有很多功勋卓著的将军和王侯，个个极其富有，甚至打发乞丐都用金银珠宝，有人还曾捐赠了一吨黄金用于黄金塔的建造。

如果想在西班牙找一个与堂腊努多·德·科利勃腊多斯门当户对的家族，恐怕只有他的妻子堂娜奥里姆比亚所属的芒特·晨科家族了。有个小例子足以说明她家的富有：堂娜奥里姆比亚的祖母曾经拒绝过阿力冯索·德·里贝拉这样了不起人物的求婚。

众所周知，大树底下好乘凉，但如果后辈只知道一味地躲在前人的荫蔽下生活，那再殷实的家底也会被坐吃山空。到了堂腊努多这一代，家产早已被消耗殆尽，甚至连汤匙、瓦罐、碟子什么的都被变卖当光了，一日三餐能喝上豌豆汤已算幸事。可尽管如此，他们仍然端着贵族的架子，不肯放下身段去干活赚钱，终日坐在那里显摆家谱，炫耀自己家族辉煌的历史，时不时还会因为“谁的祖先更伟大”这个问题与别人进行激烈的争论。

这一天，他们命家仆彼得罗去借一口锅，并一再嘱咐他要以自己的名义去借，不能把主人给抖搂出来。彼得罗也只能以自己的名义去借，因为用主人的名义即使跑遍全城也借不到哪怕一点东西。但彼得罗很纳闷，不知道主人为什么要借锅，因为家里已经没有一粒粮食了，只剩下一堆爵位、封号和尊称，它们可不能用来煮粥啊！最让人无语的是，尽管已经穷得揭不开锅了，他的主人仍然自高自大，特别是女主人，她宁可饿死，也绝对舍不得删掉她那高贵的封号里的一个字母。但人是铁饭是钢，即使身份再高贵，它也不能当饭吃啊！可怜的彼得罗只好整天跟着他们忍饥挨饿，要不是看他们可怜，他早就另谋高就了。他打算在这儿再待几天，之后就出去另找地方谋生，让他的主人举着祖宗的功德牌画饼充饥吧。

他边走边思量，结果迎面撞见了伊莎贝拉夫人。伊莎贝拉的父亲是全城首富，她弟弟戈扎洛正与堂腊努多的女儿堂娜玛丽亚热恋，但是戈扎洛的求婚却遭到了堂腊努多和妻子的一致反对。理由很简单，尽管戈扎洛有钱，但他们家不是历史悠久的名门望族，把女儿嫁给他有辱门庭，所以誓死不同意。戈扎洛为此痛苦不堪，但让他欣慰的是，玛丽亚对他一片痴心。所以即使现在遭遇这么多的艰难坎坷，戈扎洛都坚信有情人会终成眷属的。伊莎贝拉尽管对这段姻缘并不看好，但因为弟弟的坚贞不渝，所以决定助他一臂之力。好巧，她居然一出门就遇见了她想找的人——彼得罗。

彼得罗礼貌地向伊莎贝拉请安，伊莎贝拉扫了一眼他身上千疮百孔的衣服，立刻了解了堂腊努多家的窘况。她故意问："你主人近来可好？"

彼得罗相当老练地说："今天我们家要请客人吃饭，我现在要去城里买点糖果。"

衣不蔽体还有钱买糖果？伊莎贝拉憋住笑，问："你们家有什么贵客啊？"

彼得罗像背绕口令一样说了一大长串贵族的头衔名号，并且傲气十足地解释说，在摩尔人入侵之前，除了就住在西班牙的基督徒外，他们家是不会请其他客人的。他还吹嘘说，这次请客是为了纪念先祖在若干年前的今天俘虏了一位国王，这样的庆祝要花一千银币才能应付得来。而他之所以穿这么破，是为了向那位先祖曾经举过的弹痕累累的军旗致敬。

"请问，先君打胜仗距离现在多长时间了？"

"六百年。"彼得罗信口开河道。

“可是，子弹和火枪的出现到现在还没有三百年呢。”伊莎贝拉终于忍不住笑出了声。

彼得罗见事情露出了破绽，十分尴尬。但他不愧是堂腊努多家的仆人，只见他眼珠一骨碌，马上又找到了新的应对之词。他说，几乎所有贵族家的仆人都华衣锦服，他的主人让他穿成这样是为了证明自己超凡脱俗。如果某天仆人们都穿上了朴素的衣服，他会立马换上被自己丢弃的华衣锦服的。

伊莎贝拉一边暗暗佩服他的巧舌如簧，一边暗下决心逼他说实话。于是她又问：“你刚才不是说穿破衣服是为纪念先祖的功勋吗？”

彼得罗终于察觉到自己今天状态不佳，因为编的谎话就像自己身上的破衣服一样，窟窿满身，补都补不过来。他一着急，想起了一个能帮自己遮丑的东西，于是说：“你不要因为我穿的衣服破就觉得我家主人穷，要是真穷，我怎么会有这块丝绸手绢呢？”说着，他从口袋里掏出一团皱皱巴巴、看不出颜色的布。“啪”的一声，一块东西随之掉在地上。

彼得罗慌忙去捡，却让伊莎贝拉抢了先。她拿在手上仔细一看，原来是块又干又硬、发了霉的面包皮。彼得罗这下像是泄了气的皮球，终于沮丧地说出了堂腊努多家的实情。

伊莎贝拉安慰他说：“可爱的彼得罗，你聪明机智，人品好，要找一份好差事是绝对没问题的。”然后她跟彼得罗说了她弟弟和堂娜玛丽亚的事，许诺彼得罗要是能帮上忙，她保证他们家将不再受穷。彼得罗听此高兴得不得了，自然是满口应承了下来。

这时，女仆列奥诺拉追了过来。

“喂，彼得罗，你这个该死的小偷，是不是你偷了我放在炉子上的面包？”

彼得罗想抵赖，但列奥诺拉一把揪住他的衣襟，从他身上找出了那块面包皮。看到失而复得的面包皮，列奥诺拉刚要喜滋滋地咬，发现伊莎贝拉正站在一边看着自己，她的脸一下子就红了。“哎呀，太丢人了！”她捂着脸正要跑，被伊莎贝拉喊住了。

伊莎贝拉先是称赞他们对主人的忠心，然后又请求列奥诺拉帮自己的忙。列奥诺拉非常喜欢小姐堂娜玛丽亚，要不是因为小姐，她早离开这个穷得没饭吃的地方了。她欣然接受请求，愿意为了小姐的幸福，竭尽全力帮助伊莎贝拉。

等彼得罗拎着锅回到家，主人仍然保持着他出门时的姿势，坐在桌子边仔细看着家谱。

“看，这位安东尼奥·德·科利勃腊多斯就是我们的始祖。”堂腊努多指着家谱上的一个名字非常得意地说。

“坦白讲，就是有人拿这位祖先换一百万银币，那我也舍不得。我家祖宗的名字我已经烂熟于胸，甚至能扳着指头从尤里安诺·德·芒特·晨科一直数到我父亲拉密罗·梅里希奥尔·德·芒特·晨科。”堂娜奥里姆比亚骄傲万分地说。

堂腊努多崇拜地看着夫人，称赞道：“做得好，你能把这些名字牢记于心就是我们家最大的财富了。”

彼得罗在一边看着这两个人不顾肚子饿依然兴致昂扬地聊天，感到又好气又好笑：“老爷，我想这确实是最大的财富了。但即使把咱家所有的东西攒一堆都拿去卖，估计也换不来一枚银币。”

堂腊努多很不以为然地说:“这有什么，彼得罗！我的姓氏和家谱本身就是价值连城的，够我受用一生。看看家谱，数数先祖的圣德，我浑身就充满了力量，像是吃饱喝足了一样。”

彼得罗听见自顾自说大话的堂腊努多的肚子里传来咕噜声，就挖苦道:“怪不得老爷、太太不担心挨饿，任谁肚子里装着五六十个科利勃腊多斯也装不下别的任何东西了。老爷的肚子咕咕叫，我想那应该是科利勃腊多斯正在战场上厮杀。但换成我，那只能证明我饿了。之所以会这样，只能说明我的肚子是普通的肚子，必须吃东西才能伺候你们，而老爷的肚子则是神赐予的。”

堂娜奥里姆比亚做出一副马上就要晕厥的样子说:“天啊，这些下人太可怕了，难道他们是粗泥烂草捏成的？他们的心肯定跟我们的心不一样，因为他们唯一的嗜好是吃喝。彼得罗，你应该搞清楚自己的身份，知道自己正在和谁说话。”

彼得罗毫不客气地回嘴:“仁慈的太太，我现在唯一能享受的自由就是言论自由。如果你们能按时支付我工钱，我也一定会像别的仆人那样尊重自己的主子。”

没等妻子开口，堂腊努多就连忙出来打圆场，因为他清楚，如果彼得罗再走了，他们就再也找不到第二个不用付工钱，连饭都不用管饱的仆人了。

“堂娜奥里姆比亚，你让他好好享受这个自由吧。你看那些王公国戚们，不是都喜欢看丑角逗乐吗？要知道这是高贵人家才能享受的。”他又对彼得罗说，“你在我们面前想说什么都可以，但是有外人在场的时候一定要顾及我们的体面，知道吗？”

堂娜奥里姆比亚努力抚平心绪，她又翻起家谱，这时她突然想起一件事："哎，昨天是我们家的命名日，怎么没有一个诗人前来献诗祝贺，怎么回事啊这是？"

彼得罗哈哈大笑起来："太太，你真的一点儿也不了解诗人，在我们家，你是甭想看到诗人了。如果你们把家里的封号全写出来挂在门口，再让隔壁的裁缝把烤肉、馅饼等东西摆在门口，你们就会看到哪家对诗人的吸引力更大了。"

堂娜奥里姆比亚又一次被粗俗无礼的彼得罗惹恼了。她正要训斥他，只见列奥诺拉喜洋洋地跑进来告诉他们，伊莎贝拉小姐来了。虽然来人只是一个微不足道的小贵族，但大贵族也要显示出应有的风度，于是他们赶紧收拾屋子，并且换上了最体面的衣服。

堂腊努多吩咐彼得罗去把那件天鹅绒坎肩拿来。一会儿彼得罗提着坎肩过来了，嘴里却一直嘟囔着："老爷，那坎肩现在只够补双破长袜了。"

"什么，我的长袜破了？"

"不多，目前为止还没超过十个洞。"

堂腊努多松了口气："彼得罗，拿墨水来，把这些洞涂上不就行了？"

"那您那双鞋估计也得用墨水涂了，因为鞋也破了。"

"不用，我这是专门为长鸡眼的脚制作的鞋。"

"而且您的坎肩已经没有后襟了，这总不能说是专门为长鸡眼的后背定制的吧。"彼得罗故意让堂腊努多难堪。

"彼得罗，你的殷勤有时很贴心，但有时候太过分了。大部分时候这没什么关系，但如果有外人在场，你可一定要恭恭敬敬的。不过话又说回来，你也别操心这个坎肩了，我不让别人看我的后脊梁就行了。”

“老爷，您为什么不把这件天鹅绒坎肩卖掉，买个普通的布坎肩呢？”彼得罗很纳闷。

“那怎么行，穿天鹅绒坎肩，人家一看就知道它里面跳动着的是颗高贵的心。”堂腊努多小心翼翼地套上那半个坎肩。

这时，堂娜奥里姆比亚也穿上了她唯一的绸裙，从里屋款款走了出来。从前面看上去，确实光彩照人，可从后面一看，却像个收破烂的。原来，她这条裙子也只剩下前面半条了，后面那半条早被老鼠咬光了。

一切准备就绪后，列奥诺拉就去请伊莎贝拉进来了。堂腊努多和堂娜奥里姆比亚一人坐一把圈椅，摆出一副西班牙式的大派头，剔着牙缝，好像刚饱餐了美味似的。彼得罗按葡萄牙习俗，戴上眼镜，毕恭毕敬地站到主人身后为他们打扇。

见伊莎贝拉进来，他们微微欠起身，示意给客人看座，随即又坐下了。伊莎贝拉对自己的贸然拜访非常抱歉，客套几句后，她就切入正题了。

“我今天是受君子之托才来府上打扰的，因为他希望能有幸见老爷太太一面。”

堂娜奥里姆比亚矜持地摇着扇子说：“为君子效劳，我和丈夫感到非常荣幸，但不知这位君子是谁？”

“正是我弟弟戈扎洛，您知道他对您的女儿堂娜玛丽亚爱慕至极。”

堂娜奥里姆比亚听此脸色一沉：“夫人，虽然我和我的丈夫对您和您弟弟非常敬佩，但……”

“我知道你们家历史悠久，我们两家联姻门不当户不对。但如果拿我们两家的财产互相比较，不就可以弥补这个不足了吗？”

堂娜奥里姆比亚仿佛受到奇耻大辱一般，抬高嗓门说：“夫人，所谓富贵不能淫。我宁肯受穷，也不会做有辱门庭的事。”

伊莎贝拉依然耐心地劝说：“尊贵的太太，请您仔细想一想，身为贵族却没有钱财来安排合乎身份的生活，这是多么不幸啊！而且不光要受穷，还要遭人嘲笑和鄙视。”

堂娜奥里姆比亚并不领情，她抬起头高傲地说：“夫人，我可以坦白地告诉你，哪怕是用我爵位的一个字母去换取西班牙最好的庄园，我也不屑。”

“说得太精彩了，堂娜奥里姆比亚！”堂腊努多为自己的妻子高声喝彩，“这句话就该用金字记录下来。”

彼得罗听后，马上用补袜子剩下的一点墨水把这句话记在了一个破本子上。

伊莎贝拉知道，自己要对付的就是两块茅坑里的石头，费多少口舌也不会起作用。于是她不再提结婚的话题，而是语带同情地对他们说：“你们不答应这门亲事没关系，但你们如此穷困潦倒却让我十分难过。可好像也没有什么办法能让你们摆脱狂妄和傲慢了。”

堂娜奥里姆比亚无比轻蔑地说：“夫人，收回您的谬论吧！你这是在诽谤，手头上没有现钱就是受穷吗？难道你不知道，有钱人的钱都拿去放债了吗？所以他们手头才没钱跟别人借钱的。

这样你能说他们穷吗？”

伊莎贝拉继续耐心地解释：“我并不是在非难别人贫穷，我来这儿的目的是给你们指出一条摆脱困境的明路。”

“我们对现在的处境非常满意。”

“既然你们满意，那我无话可说了。”伊莎贝拉叹口气，“但当人们知道你们到了山穷水尽的地步还不愿意接受一门两全其美的亲事时，一定会嘲笑你们的。”

伊莎贝拉知道，即使再说下去也不会有什么结果，于是知趣地起身告辞了，列奥诺拉送她出门。堂腊努多夫妇则仍然端坐在圈椅里，只是稍微欠了欠身。之所以这样，一是因为起身送一个小贵族出门有失身份，二是因为后襟的破烂不堪让他们没法动弹。

旋即，列奥诺拉高兴地回来了，她将一个钱包奉上，说：“伊莎贝拉夫人要我把这些金子奉上，希望你们能用得上。”

谁知这番好意居然惹怒了堂娜奥里姆比亚，她勃然大怒，破口大骂：

“她混蛋！她以为我们是什么？乞丐吗？一个卑贱家族的女人竟敢给我们这样的家族施舍，简直无法无天！你赶紧追上她，把这些钱扔到她脸上去！”

列奥诺拉无奈地拿着钱包跑了出去，但是没有真的去追伊莎贝拉，而是绕着屋子转了一圈。然后，她就和彼得罗把这包金子平分了。他们俩互相模仿着刚才主人愚蠢透顶的举动，笑得肚子都疼了。

眼看着太阳已经老高了，可今天的午餐到现在还没有着落，当然，要说的是很多年前午餐就已经被取消了。堂腊努多和堂娜奥里姆比亚已经饿得两腿发软，眼前发黑，甚至连翻家谱的力气都没了。他们面对面坐着，互相聆听彼此肚子演奏的“饥饿之歌”。片刻后，堂腊努多踱到门口，向外努力张望，仿佛正期待上帝能派天使带着食物下来，犒赏子民。突然，他眼前一亮，似乎真看见了天使似的。仔细一看，原来是一个进城的农夫正坐在他们家门口歇脚。农夫双手捧着一块大干酪，正津津有味地吃着，还时不时停下来喝口水壶里的水。堂腊努多看得眼馋，情不自禁地咽了咽口水。之后便向夫人提议，让那个农夫进屋来坐着，安安稳稳地吃，因为外面太不适合吃饭了：太阳很大而且有风，还有苍蝇嗡嗡地飞来飞去。堂娜奥里姆比亚慨然应允，因为这可以显示出她这个贵族仁慈的心性。

农夫受到这样的大贵族的邀请，受宠若惊般地走了进来。堂腊努多无比亲切地和农夫聊起了家常，农夫给他们讲述自己的农家生活，他们时不时发出夸张的惊叹声，同样是人，差别还真是大啊！堂腊努多大笑着说“真有趣”。接着，他貌似无意地看了看农民手中的食物，假装好奇地问：“你吃这种粗东西怎么会如此津津有味呢？”

农夫笑了笑，说：“什么食物都没问题，只要我们的肠胃习惯了就行。”

堂腊努多使劲咽下一口口水，说：“身为贵族，理应尝尽人间的酸甜苦辣。让我尝尝你的干酪如何？看我能不能咽下去。”

农夫爽快地答应了。堂腊努多还没来得及嚼，就一口吞了下去，然后努力回味着说：“咳，这个东西原来真的没有我想象中那么难吃啊！”

得到大贵族的称赞，农夫颇感得意，于是又殷勤地切下一块说：“太太也尝一下？”

堂娜奥里姆比亚伸出拇指和中指，捏住那块干酪，皱着眉头将它放入嘴中，小心翼翼地嚼了两下，随即露出意外的笑容，说：“真的，这干酪真的比我想象中好吃多了啊！”

堂腊努多大声笑着说：“确实如此，我还得再吃一块，好跟我的儿孙们讲述这种味道。你给我们切厚一点，再给我们一点粗面包。”

农夫备感受宠若惊，于是晕乎乎地又给他们切下了一大块。堂腊努多和堂娜奥里姆比亚顾不上贵族的优雅和斯文，捧着干酪和面包就狼吞虎咽地吃起来。农夫呆呆地看着他们吃东西的样子，觉得有些不对劲。

堂娜奥里姆比亚边吃边含糊不清地说：“再到宫里去，我要做的第一件事就是讲跟乡巴佬一块吃干酪和面包的故事。”

堂腊努多吃完最后一口，意犹未尽地说：“再给我们一块，我还没吃够呢！”

农夫看着已经越来越小的干酪，面露难色地说：“尊贵的老爷，我不知道我的干酪是不是还能再切下来。”

没等农夫反应过来，堂腊努多就一把夺过干酪，自己切下来一半：“你看，就是这些农家粗淡的食物，我和太太也都不嫌弃。”

农夫终于醒悟过来，明白再这样下去，自己的食物就要被吃得一干二净，连残渣都没有了。于是他赶紧把食物藏进了袋子里。

堂娜奥里姆比亚还没吃饱，就企图再要一块，说道：“再给我一小块，我想看看我女儿是不是也能吃下这么粗糙的食物。有时候换换口味也是好事嘛。”

农夫捂紧自己的口袋，毫不客气地说：“老爷刚才切下去的那一大块，足够你们一家吃了。”

堂娜奥里姆比亚无比轻蔑地撇撇嘴，心想：这乡巴佬真抠门，早知道就不让他进来了。

堂腊努多则热情地说：“你再进城的时候，一定要到我家来啊，千万不要客气呀。”

农夫嘴里感谢着，心里却一直在骂自己糊涂，不该把自己的食物带到这儿来。

堂腊努多又郑重地嘱咐道：“你回到家，一定要好好宣传我们宽待下人的美德啊！”

农夫想了想，就向堂腊努多鞠了一躬，说：“那是当然。但我希望老爷能大发慈悲，赏给我点东西吃。一来，我好回去跟大家宣传；二来，你们刚才吃的东西本该是我在路上吃的……”

堂腊努多一拍脑袋，假装忘记了这茬一样，对太太说：“堂娜奥里姆比亚，我们给这个好心人什么呢？今天我刚把两千金币借给了一位好友，现在手头一个金币都没有，而送人银币好像有失我们科利勃腊多斯家的身份啊！”

农夫一听，喜出望外地说：“噢，尊贵的老爷，即使是一点银币我也心满意足了。”

堂腊努多则貌似为难地说：“堂娜奥里姆比亚，给他十个银

币你看怎么样？但有个前提条件，不能对任何人说这件事。”

堂娜奥里姆比亚厉声制止道：“老爷，这怎么可以呢？这会成为我们家永世的耻辱啊！”

堂腊努多摆出一副很怕老婆的样子，耸耸肩，遗憾地对农夫说：“我相信，你回家之后，只要对乡亲们说你在我这儿待过，大家就一定会非常敬重你的。”

农夫无奈地说：“如果老爷、太太手头没现钱，那就给我点吃的吧，一来我可以在路上吃，二来可以拿给别人炫耀一下，好证明我确实在尊贵的人家待过。”

堂腊努多突然想起了什么，于是从墙上取下一个东西，送给农夫说：“这是一幅版画，送给你，上面有我们家的爵徽，它就是最好的证明。”

农夫怀疑地看了一眼这个又脏又破的小木牌，傻乎乎地问：“老爷把这爵徽送给我了，我是不是就变成贵族了？”

堂腊努多骂道：“简直愚蠢！”

一听这东西没用，农夫便把木牌往堂腊努多怀里一塞，继续讨要吃的。

堂腊努多忍住不断上升的怒火，耐心地解释，说这个版画有多么重要，上面的图案又有什么深远的含义。但这个粗俗的乡下人却对此一点都不感兴趣，他一心只想能吃饱喝足。

眼看着太阳就要落山了，堂腊努多却还在那里捧着他的宝贝版画说个不停，农夫心里明白，在这讨要吃的是不太可能了，于是背上口袋，悻悻地走了。

堂腊努多和堂娜奥里姆比亚饱餐了农夫的干酪和面包，心满意足地打了个嗝，慵懒地坐在圈椅里，又做起了白日梦。

这时，彼得罗神色慌张地跑了进来，一副大祸临头的样子，焦急地说："不好了！债主们领着执法官来了，他们要查抄这里的东西了。"

话音刚落，一群人就已经气势汹汹地冲了进来。为首的正是执法官，后面是债主们，有布店老板、食品店老板、裁缝店老板、钟表店老板……几乎城里所有店铺的老板都来了。他们一拥而上，把堂腊努多夫妇俩围在中间，怒视着他们。

执法官深鞠一躬，说："我奉命前来查抄阁下的财产，根据法庭的判决，我将没收在贵府所能找到的一切，乃至尊贵的老爷、太太身上的衣服。"

堂腊努多吓得裹紧自己的宝贝坎肩："你一定要三思而行，你可知道你面对的不是一般人！"

执法官礼貌有加但咄咄逼人地说："我就是在三思后才决定行动的。我将在大家的协助下，把所能找到的一切家具依法查抄了。但这还不足以偿还债务，所以只能冒昧地动手扒掉尊贵的老爷、太太身上的衣服了。我最诚恳地请求您的宽恕。"

说完，他真的动手剥下了堂腊努多的坎肩和衣服，堂腊努多只穿着内衣，在众目睽睽之下瑟瑟地发抖。

接着，执法官又走近堂娜奥里姆比亚说："现在轮到您了。"

堂娜奥里姆比亚大嚷着："请你转告法官，他一定会受到惩罚的。"执法官一边说："我一定转告太太的话。"一边脱下她的绸裙，只剩下里面缀满补丁的粗布衬裙。围观的众人"哄"的一声都笑了。堂娜奥里姆比亚捂住脸，羞愧得恨不得找个地缝钻进去。

堂腊努多还在尽力维持自己的贵族风度，他鼓励自己的妻子：“夫人，让我们尽情蔑视吧，我们要让他们知道我们坚强的心是合乎我们高贵的出身的。”说完从内衣口袋里掏出一个鼻烟壶闻了闻，礼貌地问执法官：“先生，我们并不怪您，您要闻闻这个鼻烟壶吗？”

“请问，这鼻烟壶是您的吗？”执法官仔细地打量着鼻烟壶。

“当然了，难道是别人的不成？”堂腊努多觉得这个问题实在很无礼。

没想到执法官一把夺过鼻烟壶，装进了自己包里，说：“老爷，您别生气，这个鼻烟壶现在是我的了。”他环视了四周一下，发现这个家已经家徒四壁，没什么可以拿的了，就带着众人走了。

与此同时，在伊莎贝拉家里，列奥诺拉正在和她商量对付两个老顽固的对策。彼得罗气喘吁吁地跑来告诉了列奥诺拉抄家的噩耗，列奥诺拉担心主人的安危和自己的财产，便跟着彼得罗回家了。

一进家门，列奥诺拉就看见堂娜奥里姆比亚穿着内衣，正垂头丧气地坐在光秃秃的地板上。见到列奥诺拉，堂娜奥里姆比亚一跃而起，像抓住一根救命稻草似的紧紧拉着她的手，向她哭诉自己的委屈。

“还有比这更糟糕的事情呢，”堂娜奥里姆比亚愤愤地说，“执法官刚走，一个女仆居然就不经通报地走进我的内室，对我说：‘我的主人叫我来问候你们，他们同情你们的遭遇，请太太收下这件绸料衣裙，它只穿过一两回。’还有比这更大的侮辱吗？我简直气疯了！”

在列奥诺拉的安慰和劝说下，堂娜奥里姆比亚最终穿上了列奥诺拉的裙子。

安顿好夫人后，列奥诺拉和彼得罗就去找堂腊努多了。突然一个黑乎乎的“幽灵”从屋子深处飘了出来，列奥诺拉和彼得罗吓得赶紧跪倒在地，不停地在胸前画着十字。

“虽然我很高贵，你们也用不着行这么大的礼啊。”原来是被剥光了衣服的堂腊努多裹着黑斗篷遮羞。“你们知道刚才那个女仆是谁吗？”

“那是梅力希奥尔·卡斯帕尔·巴尔达萨尔·特奥夫腊斯杜斯·波姆巴斯杜斯·阿里埃力达维特·格奥尔基乌斯二埃塞俄比亚亲王的女仆。”列奥诺拉答道。

“我的天啊！”光听这个名字就知道这肯定是一个家族历史悠久、身份极其尊贵的亲王。

列奥诺拉告诉他，自己听那位女仆说，那位亲王这次驾临欧洲就是为了向堂腊努多的女儿堂娜玛丽亚求婚来的。列奥诺拉又说这位亲王不仅有权有势，而且还是虔诚的基督徒。唯一的不足就是，他是个黑人。

堂腊努多就像被天上掉下来的馅饼砸晕了头，他好半天才反应过来，赶紧连颠带跑地去找夫人，要把这天大的喜事告诉她。

堂娜奥里姆比亚听说后喜极而泣，她说：“真是老天有眼啊！”黑皮肤、从埃塞俄比亚来，这些都没关系，关键是他出身高贵。

这时传来敲门声，亲王的翻译官来了。堂腊努多和堂娜奥里姆比亚互相看着彼此，一个裹着黑斗篷，一个套着列奥诺拉的粗布裙子，这怎么见人啊？可现在去哪借呢？列奥诺拉安抚了他们几句，说她自有办法解决。

翻译官被迎进门后，果然被裹着黑斗篷的堂腊努多吓了一跳。列奥诺拉见主人面露窘色，连忙解释道："哦，先生，您可不要对我家主人的穿着感到奇怪啊。我家老爷堂腊努多不仅身份高贵，而且是最敬重神的人。他穿成这样就是为了表现对上帝的忠诚，赎清罪孽，下决心净化自己的肉体十四天。他本来还要用四肢爬行，要不是大主教本人以及全体教士出来劝阻，那可真是羞于见人了。"

翻译官竖起大拇指赞叹道："堂腊努多，科利勃腊多斯家不仅有了不起的男子汉，还有这么了不起的圣徒啊！"说完，他四周环顾了一下，问尊夫人在哪里。原来，他是把站在堂腊努多身边的堂娜奥里姆比亚当成了女仆。

堂腊努多红着脸把自己的夫人介绍给了翻译官，并说夫人是为了跟自己一起赎罪才穿成这样的。

翻译官连声夸夫人贤良淑德。然后说自己的主人——高贵的埃塞俄比亚亲王殿下将抵达本城，并向堂腊努多年轻美貌的女儿堂娜玛丽亚求婚。据他介绍，亲王殿下因为是公认的全国最虔诚的基督教徒，所以他的舅舅皇帝陛下允许他按照意愿在欧洲挑选一位系出名门的女子做妻子。亲王最终选中了在西班牙甚至整个欧洲都最有声望、最古老的科利勃腊多斯家的堂娜玛丽亚。但两个人之间有一个障碍，就是肤色问题。堂腊努多听此赶紧声明：

这没关系，西班牙人的肤色也不是很白啊。

解决了这个障碍，双方的谈话便变得既轻松又随意。翻译官向他们介绍了遥远的埃塞俄比亚的风俗习惯和文化传统，比如，说话像唱歌；人们煮饭时不用点火，只要对着劈柴打个喷嚏就行了；等等。堂腊努多听后连连感叹，世界之大，真是无奇不有。

后来翻译官提醒了堂腊努多一件事：在见亲王的时候，一定要行脱帽礼并且向亲王鞠躬。堂腊努多听后脸色骤变，他的傲慢病又犯了："不，这怎么可以？我们科利勃腊多斯家族是西班牙的大贵族，同西班牙国王交谈都不用脱帽，凭什么要求我们对一个外国亲王脱帽致敬呢？"但他忘了，自己已经穷得没有一顶帽子了。

翻译官非常干脆地回敬："那可不行。亲王殿下是不会答应在别的条件下进行交谈的。"

堂腊努多也摆出一副绝不退让的架势："这桩好姻缘我不能成全，我非常遗憾。我宁愿穷死，也决不会做有损家族荣誉的事儿。"

此话一出，就绝了后路，翻译官见状只好告辞了。

眨眼工夫，一段金玉良缘就这么"夭折"了。堂腊努多夫妇俩呆呆地站在原地，好像做梦一样。

看着老爷太太沮丧的神情，列奥诺拉向彼得罗挤挤眼，悄悄地说："他们这叫欲擒故纵。"

过了一会儿，堂娜奥里姆比亚突然眼前一亮："也许事情还有转机，说不定亲王会收回他的要求，再回到这儿来呢。"

果然不出她所料，不久，翻译官真的回来了，转达亲王的意思：让他们自己决定要不要行那种礼仪。这真是天赐良机，堂腊努多马上也表示：如果不强制他们，他们愿意以这种崇高的礼节来接待亲王。翻译官随后高兴地说，亲王马上就要莅临他们家了。

一个小时后，门外是锣鼓喧天，热闹非凡。埃塞俄比亚亲王亲自向堂娜玛丽亚求婚来了。堂腊努多和堂娜奥里姆比亚高兴得手舞足蹈，跌跌撞撞地向门外冲去。临到门口，堂腊努多突然想到自己的身份，于是马上板起面孔，背上双手，慢慢地踱了出去，堂娜奥里姆比亚则跟在他身后，优雅地款款走了出去。

伴随着鼓乐声，浩浩荡荡的侍从队伍向堂腊努多家走了过来。他们个个皮肤黝黑，魁梧挺拔，身背弓箭，威风凛凛。走在最前面的侍从手里捧着装有聘礼的箱子，第二个侍从则举着一杆长矛一样的长烟斗。随后是亲王本人，他锦衣玉服，头戴金冠，玉树临风，气宇轩昂，一看就知道出身贵族。堂腊努多和夫人早被这场面震住了，竟一时忘了自己的傲慢，兴冲冲地迎上前。谁知亲王并不理会他们，而是接过侍从递过去的弓箭，瞄准了堂腊努多。堂腊努多吓得赶紧躲到夫人后面，围观的人“哄”地笑了。翻译官让堂腊努多别害怕，这是亲王在表达自己的敬意。

收起弓箭后，亲王说了一段奇怪的话。翻译官为他翻译：“亲王愿阁下寿比南山，万事顺意。”

堂腊努多则回应脱帽礼。

通过翻译官，亲王郑重地向堂娜玛丽亚求婚了。堂腊努多喜不自禁，双手合十，痛快地答应了。说着，就把自己的女儿牵到亲王面前，将女儿的手交给亲王。谁知这两个年轻人竟一见如故，手拉着手，亲亲热热地站在了一起。

一名侍从官已经拟好了婚书，他请堂腊努多在上面签字。堂腊努多兴致昂扬地提笔签了字，堂娜奥里姆比亚也一样，在场的人都签了字。就在亲王和堂娜玛丽亚签下名字的那一刻，众人一起欢呼，场面气氛高涨。

侍从官走上前来，宣读婚约："我们互相爱慕，彼此相爱，现已征得父母和友人的同意，定下百年盟约。为了不违法律，我们在父母和友人的证明下一起签署婚约。戈扎洛·德·拉斯·密纳斯·玛丽亚·德·科利勃腊多斯。"

"什么，怎么会是戈扎洛？"堂腊努多以为自己的耳朵出了问题。

"没错，正是我。""亲王"和未婚妻相视一笑。

难怪堂腊努多觉得亲王看着眼熟，原来就是戈扎洛扮的。

堂腊努多愤怒地喊道："这是骗局，应该被惩罚！"

堂娜奥里姆比亚则扑向婚约喊道："这张婚约应该被立刻销毁！"

翻译官拦住她说："这可不行。婚约是按照法律的规定在大家的证明下签订的，怎么可以随便毁约呢？"

戈扎洛理直气壮地说："婚约是有效的，第一，我征得了新娘的同意；第二，你们也已经在婚约上签了字。"堂娜奥里姆比亚把希望寄托在了女儿身上，她拉着女儿向众人宣布："我的女儿宁愿去死，也不嫁这个跟她们门不当户不对的人。"

但出乎她的意料，堂娜玛丽亚挣脱母亲的手，紧紧依偎在了心上人怀里，她毅然决然地说："我宁愿去死，也不让别人拆散我们的姻缘。”

堂娜奥里姆比亚气得直跳脚，并威胁说要剥夺她的财产继承权。可是她忘了，他们家已经没有什么财产可以继承了，除了她丈夫那件遮羞的破斗篷。

戈扎洛和堂娜玛丽亚在大家的祝福和欢呼声中走了。堂娜奥里姆比亚望着女儿的背影，叹息道：“堂腊努多，看来我们只能进修道院了。”

堂腊努多这回没有随声附和。他摸着自己咕咕叫的肚子，想，如果让自己的肚子做主，不知道它会怎么选择。

十　破瓮记

·作品评价·

《破瓮记》是德国戏剧史上少有的一部现实主义喜剧，与莱辛的《明娜·封·巴尔赫姆》和豪普特曼的《獭皮》并称为德国三大喜剧。它以十八世纪尼德兰农村为背景，描写了乡村法官亚当贪婪好色，由执法者转为被告的故事，反映了当时司法制度的黑暗。剧作语言诙谐，情节有趣，充分展现了作者的幽默才华。

克莱斯特（1777 年—1811 年）

德国剧作家、小说家。出身于奥得河畔法兰克福一个旧贵族军官家庭，青年时代参加过反对法国大革命的战争。1808 年，在德累斯顿与作家亚当·米勒合办《太阳神》杂志。1810 年，在柏林创办《柏林晚报》。因经济困厄、对政府干预新闻自由不满、自己的文学创作得不到理解而怨恨自杀。十九世纪末期，人们才认识到，他是德国文学史上伟大的作家之一。他的剧作，尤其是悲剧，熔古希腊戏剧与莎士比亚戏剧于一炉，作品中体现的不仅是悲观主义、神秘主义和宿命论思想，还夹杂着民族沙文主义的爱国主义思想，因此他被称为浪漫主义悲剧家。克莱斯特的喜剧也同样出色，如《破瓮记》。克莱斯特是德国文学史上创作志异小说的大师，代表作有《米夏埃尔·科尔哈斯》《智利地震》和《圣多明哥的婚约》等。他还是德国“逸事”这种文学体裁的创始人。另著有《论木偶戏》等文艺理论著作。

在久远的从前，尼德兰有一个叫辉兹姆的小村庄。为解决村民之间偶尔出现的小纠纷，村里设了一个小小的法庭，亚当被选为法官，书记官是利希特。

一天早上，利希特来上班的时候，发现亚当正坐在椅子上费力地包扎自己的腿。亚当说自己是在起床的时候摔了一跤，结果把脚给扭了。利希特满腹狐疑地看了一眼，发现他不光腿受了伤，就是脸上也是鼻青眼肿的，还蹭掉了一大块皮，怎么看都不像是摔伤的，倒更像被人痛打了一顿。亚当慌忙岔开话题，问利希特今天有没有什么大新闻。

经亚当一提醒，利希特倒真想起了一个重大新闻：司法检察官瓦鲁特马上就要来这儿视察了，得赶紧准备迎接。亚当对此表示怀疑，因为按照惯例，这些官员一般都会提前打招呼才来视察的。利希特却说，这没什么好怀疑的，因为瓦鲁特昨天就突然出现在了霍拉的法庭上，当场检查了现金和档案，并勒令那儿的法官和书记官停职，将他们软禁在家里。据说那法官自杀未遂，最后被革职了。亚当听后万分吃惊，因为瓦鲁特是大家公认的正直不阿的人，他痛恨一切丑恶现象，这次他不打招呼就来突然袭击，肯定是想找麻烦的。所以他暗示利希特在检察官面前一定要保持沉默，不能揭发他。

他们俩正慌慌张张收拾档案的时候，检察官的仆人来了。在女仆的帮助下，亚当慌乱地穿好制服，却发现假发不见了。女仆说他昨晚回家的时候就没戴假发，而且好像还摔过跤，头上当时还有血。亚当生气地纠正她，摔跤是今早的事，昨晚他戴假发回家了。但现在争论也没什么用，亚当只好差女仆去向教堂执事借假发先用着了。

刚到八点，司法检察官瓦鲁特便来到了辉兹姆的法庭。亚当热情地对上司表示欢迎。

瓦鲁特显然早已经习惯了这种表里不一的欢迎，他淡然一笑，说明了自己前来的原因：乌特利希特高等法院打算改善乡村的司法行政，清除滥用法律等种种弊端，因此他奉命前来视察。并且着重说了一点，因为他是前来视察而不是来惩罚人的，所以即使看到不合理的现象，只要过得去，他是不会追究的。

亚当鞠了一躬，说："确实如此，您如此高贵的想法确实令人钦佩。但请您相信，在您回驾之前，我们会保证这里的一切都让您满意。但是，假如您今天就想实现您美好的愿望估计不太可能了，因为我们还有很多需要改进的地方。"

一阵假意的寒暄过后，瓦鲁特突然问："您这儿有几种账目？"

"五种。"亚当毫不犹豫地脱口而出。

"怎么会是五种呢？我一直以为只有四种。"瓦鲁特有些吃惊。

"请您原谅，大人。您确定之前已经算上了莱茵河水灾募捐的账目了？"

"可是莱茵河并没有泛滥，不应该捐款啊。"瓦鲁特微微皱了皱眉。接着，他提出要旁听他们审讯，视察一下他们的日常情况，再查一下档案和账目。

亚当满口答应下来，心里却叫苦不迭。

临开庭前，女仆说假发没有借到，瓦鲁特却因为时间紧迫，允许亚当光着头上庭。

此时，法庭门口几个人早已扭打成一团。高大魁梧的马特太太一边扯着如普利希特的衣领，一边大声喊叫："你这个流氓！居然敢打破我的罐子！你必须赔我！"

如普利希特的父亲菲特老爹在一边恳切地说："马特太太，请您安静点吧，待会儿如果您打赢了这场官司，我们一定赔你一个。"

"赔？你说得倒轻巧！那个罐子可是我们家的传家宝，你赔得起吗？"马特太太尖声叫道。

如普利希特怒气冲冲地说："爸爸，别理这个泼妇。这个老怪物哪里是因为罐子，她是因为我和她女儿的婚事砸了，才找我们茬儿的。她是想借机让我屈服，哼！没这么容易！我誓死不娶那个小娼妇！"

马特太太的女儿夏娃满脸泪痕地看着自己的心上人，深情地说："如普利希特，你马上就要到部队里去了。一旦你走了，我们不知道何年何月才能见面，难道你想怀着怨恨离开我吗？"

如普利希特轻蔑地看了她一眼，说："怨恨？不，我一点儿也不怨恨你！即使我能从战场上活着回来，在辉兹姆活到八十岁，临终我也要骂你一句：娼妇！"

马特太太见女儿被如普利希特如此当众污辱，又气又恨又怜，大骂道："滚开！你还想叫人继续辱骂你吗？那位军官，那位有指挥权的军官才是你的好对象。他哪像这个呆子，一会儿就要露出他的脊背挨一顿棍子。今天我就要打击一下他的嚣张气焰，这样我也甘心了。"

此时，亚当传诉讼人入庭，他一看居然是夏娃他们，脸唰地白了。难道是为了昨夜的事……他走到夏娃身边，低声问："你们来干什么？”夏娃瞪了他一眼，说：“走开，别烦我！”他随即威胁道：“你最好放聪明些，如普利希特的证明书可在我的口袋里……”

瓦鲁特见亚当只顾和夏娃窃窃低语，忘了开庭，于是高声提醒道：“亚当法官，您不应当在开庭前跟诉讼人说悄悄话的。这才是法官执行任务的座位，我在等候公开的审讯。”

亚当怀着忐忑不安的心情开始审判。

“请原告到前面来。”

马特太太上前说：“到，法官大人！”

亚当问：“你是谁？赶紧报上姓名、身份、住址来。”

马特太太大吃一惊：“您不是在开玩笑吧？”

亚当一脸严肃：“我现在是以法官的名义坐在这儿，马特太太，法官必须问清您是谁。”

瓦鲁特在一边插话：“您认识这个妇人？”

亚当转身说：“是的，大人，她家就住在通过篱笆的那条小道拐角的地方，她本是守城卫兵的妻子，现在成了寡妇，是个产婆。一直以来都很守规矩，名声不错。”

“假如您认识她，那类似这样的询问就没有必要了，请把她的名字写在记录上，并且注明‘法院熟知’四个字。”

亚当装出一副恍然大悟的样子：“原来是这样，看来您对于法定程序的运用也很灵活啊，那我就遵照大人的命令处理。”

瓦鲁特提醒道：“现在请您询问原告来法院的原因。”

“这件事一定跟一个罐子有关。”亚当脱口而出。

马特太太大吃一惊，说道：“正是，就是因为一个被打破的罐子。”

亚当问：“谁打破的这个罐子？”没等马特太太回答，他就指着站在一旁的如普利希特大声喊：“一定是这个流氓！”

马特太太连声附和：“对，是他，就是他这个流氓打破的！”

如普利希特连忙为自己辩解：“事情不是这样的，法官大人，她在胡说……”

亚当厉声打断如普利希特：“住嘴，你这个流氓！你的脖子马上就要被卡到铁枷里去了。书记官，请按照刚才的对话，写上这个罐子和打破罐子的人，这个案件到此即将审理完了。”

瓦鲁特对亚当只花三五分钟就审理完一桩案件的操作方法很不能接受，觉得这样太过于武断了。亚当对此的解释是，这种方式是辉兹姆约定俗成的规矩，尽管没有明文规定，他现在就是严格按照传统进行审讯的。但在瓦鲁特的强烈要求下，亚当只好决定按照全国通用的法律形式重新审判。

先是马特太太站起来进行控诉。她趾高气扬地站起身，举着手里的瓦罐说：“你们都看见这个罐子了吧？”

“是的。”亚当说。

“不，你们并没有看见，因为这个罐子已经碎了。现在请允许我描述一下这个世界上最美丽的罐子的本来面貌：它上面是西班牙国王菲利普继承尼德兰时进行加冕的画面——查理五世皇帝穿着朝服站在这儿，菲利普跪着接受王冠；那儿是菲利普的两位伯母，分别是法国和匈牙利的皇后，她们正感动地拭着眼泪……”马特太太给法官和全体旁听的乡亲们又一次讲起了那个已经老掉牙的故事。

眼看时间已经过去半个时辰了，但马特太太还在喋喋不休地讲述她的罐子。亚当几次要打断都没有成功，最后还是瓦鲁特大人出面才将她拉回了正题。

马特太太指着如普利希特说："就是他，是他打破了我的传家宝——世界上最美丽的罐子。"

亚当吩咐利希特记下这些话，然后请马特太太详细地描述一下当时的情景。

马特太太说，昨晚十一点，她刚准备上床睡觉的时候，突然听见隔壁她女儿的卧室里传来一个男人大吵大闹的声音。她慌忙起床，跑过去一看，房门已经被人踹开了，如普利希特站在屋里正破口大骂，夏娃则窘迫地站在那里搓手，当时罐子已经被打破了，满屋子都是碎片。

接着，马特太太还是一腔愤怒地说："当时我就问他为什么深更半夜的还在这儿？又为什么打破我的罐子？您猜这个小流氓怎么说，他竟然说是别人把罐子打破的，那个人打破罐子之后就跑了，之后继续对我女儿破口大骂。"

听了这话后，亚当的脸红一阵白一阵，说："这肯定是借口！后来呢？"

"后来，我也满脸疑惑地看着我女儿，开始她像个死尸一样没反应，后来在我的一再逼问下，她发誓说就是如普利希特干的。"

夏娃此时焦急地打断母亲说："没有，我从没有为此宣誓，绝对没有……"

马特太太连忙捂住夏娃的嘴，大声呵斥道："住嘴，夏娃！"

“可您明明在撒谎！”夏娃依然倔强地揭穿了母亲。

如普利希特想说话，但被亚当严厉地制止了。

“马特太太，你让这姑娘好好地想想，也许她能想起昨天的情景。假如她不如实地讲述，可能会导致一些不必要的事情发生。您要明白一点，她今天的口供应当和昨天的一模一样，至于是否宣誓并不重要。”亚当这些话显然是弦外之音，瓦鲁特适时地站起来提醒亚当，身为法官，说话不应当模棱两可。

但亚当的话貌似起了作用，因为夏娃突然变卦了，说自己确实发过誓。亚当如获大赦，立即嘱咐利希特赶紧记下这些话。

瓦鲁特见亚当一再将事情的责任往如普利希特身上推，而且一直不让他发言，再次提醒亚当要注意司法公正，该轮到被告发言了。

这下如普利希特终于可以叙述事情的经过了，他说：“昨晚十点左右，我对父亲说，要去夏娃那里待一会儿，因为你们都知道我们是要结婚的。我对父亲说：‘您让我去吧，我们只在窗前谈谈。’父亲答应了。我原本打算经过小桥，但因为河里涨了水，水漫过了小桥，所以我只得退回来，绕过村庄。那时，我突然想起来，要是十点前赶不到夏娃家就糟了，因为夏娃家花园的门到十点钟就会关，那样我就进不去了。”

“后来呢？”瓦鲁特问。

“后来，我就从一条种有菩提树的林荫路上走过去。突然，我远远听见花园门‘吱呀’响了一声，我以为是夏娃在那儿等我，就兴奋地仔细往那儿一瞧——结果让我大吃一惊，夏娃确实是在花园里，但身边还有另外一个人。”

“还有一个人？谁？”亚当异常紧张地问。

“法官先生，请不要打断他的话。”瓦鲁特非常不满地瞟了亚当一眼，鼓励如普利希特继续说下去。

“是谁我没看清楚，因为当时漆黑一片。但我知道一件事，就是皮匠雷伯利希特自从退役之后就一天到晚地盯着夏娃，总是在她家附近打转。有一次我实在看不过去，就把他赶走了。”

亚当听此一下子兴奋起来，说：“是这样的吗？那个人是雷伯利希特？哦，这案件已经有头绪了。书记官，请把这些记录下来。”

如普利希特接着说：“我想看清楚究竟是谁，于是就偷偷穿过那道花园门，藏在一丛灌木后面。之后我就听见了一阵窃窃私语，貌似打情骂俏，两人还不停地拉扯。”

夏娃恼羞成怒，骂道：“你真是卑鄙、无耻、下流！”

如普利希特继续绘声绘色地描述：“大概过了一刻钟，他们俩居然进了屋，眼看就要干好事了。我当时气得坎肩上的纽扣都要绷开了，我大步流星地冲过去用拳头砸门，发现门已经上了闩，但被我用脚踹开了。就在门马上就要被打开的时候，罐子从壁炉架子上倒了下来。这时候，那个人影趁机就从窗户跳了出去，我追过去扒着窗子一看，发现那个家伙正挂在葡萄架的柱子上。于是，我就用随手抓着的一个门把手重重地打了他的头。”

“噢，原来是门把手啊。”亚当喃喃自语。

“这时，那小子跌了下去。我原本想追出去，就在我准备跳下去的时候，却不料被一把迎头扔来的沙子迷了眼睛，我眼前顿时一片模糊，什么都看不清了。结果我从窗台上摔到了屋子里的地板上。我挣扎着坐起来，揉着眼睛。夏娃跑过来，对着我喊：

‘上帝，你这是干什么？’我当时因为啥也看不见，啥也踢不着，心情烦乱，就开始咒骂夏娃。就在这时，马特太太举着灯进了屋子。借着灯光，我看见夏娃正浑身发抖地站在那里。马特太太把我臭骂一顿，结果把邻居们都吸引了来，男的、女的、老的、少的，甚至连阿猫阿狗都来了。马特太太问夏娃是谁把罐子打破了，那个死丫头居然说是我。”

亚当问：“马特太太，对如普利希特的陈述有什么意见没？”马特太太说这不是事实，因为她的女儿可以做证。亚当否决了她的看法，他煞有介事地搬出法典说：“当罐子或其他什么东西被年轻的村夫打破了的时候，女儿不得做证人。”瓦鲁特见亚当在那儿信口胡诌，就当众纠正了他的错误，并提出让夏娃发言，并且由她自己决定到底替谁做证。亚当这时又提议和解。瓦鲁特不理解地问：“只有当事情基本明了的时候才能进行和解。现在这个案子还没有头绪，怎么能和解呢？难道您心中已经有判断了？”

亚当挠挠头说：“当法律帮不了我的时候，我就向哲学求援，所以，负责任的应该是……雷伯利希特。”

“谁？”

“要不然就是如普利希特。”

“什么？”

“或者还是雷伯利希特。”

瓦鲁特皱着眉说：“到底是谁？是雷伯利希特，还是如普利希特？您断案子怎么能像伸手到装满了豌豆的袋子里乱抓，抓到哪把算哪把呢？我建议您还是规规矩矩地按照程序审理，现在该轮到证人发言了。”他转过头，和蔼地对夏娃说：“我的孩子，你说吧。”

没等夏娃开口，亚当就对夏娃意味深长地说：“说吧，小夏娃，你一定要对上帝和世界说实话。但你要明白，你是站在上帝面前，所以不能提及那些与本案无关的事情使法官为难。因为法官永远是法官，有人今天需要他，有人明天需要他。假如你说，事情是雷伯利希特做的，那很好；或者说事情是如普利希特干的，那也很好！你就照着这样说下去吧。记住，我可不是好惹的，假如你信口雌黄说出另外一个人的名字来，那你就走着瞧吧，不光是我，就是在辉兹姆也不会有人相信你，甚至在全尼德兰也不会有人相信你。而且那个人明白怎样保护自己，到时候搞不好你的如普利希特就要遭殃了。”

瓦鲁特不得不打断亚当冗长的发言，让夏娃说话。只见夏娃低着头，死死地咬着下嘴唇，一脸矛盾。尽管马特太太一个劲儿地催她，甚至搬出丈夫的临终遗言咒骂她，夏娃就是不说话。

看着夏娃痛苦的样子，如普利希特既愤恨又怜惜，他忍不住哀叹：“尽管她伤了我的心，但我还是恳求你们不要再提罐子的事儿了，我真希望当时是我打破了它。”

没想到如普利希特的话却刺伤了夏娃，她像火山一样爆发了：“你太卑鄙了！你为什么不相信我的忠贞，你为什么不肯说那个罐子就是你打碎的？当你向我求婚的时候，难道我没有开心地说‘我愿意’吗？就算你看见我和雷伯利希特拿着一个罐子喝酒，你也应该明白，我这样做是有原因的，总有一天我会把事情的原因讲给你听，就算今生没机会，来世也一定会坦白的。”

“来世？与其让我等这么久，我宁肯相信自己亲眼所见的事实。”如普利希特说。

“就算那个人是雷伯利希特，你又为什么不想想，为什么我宁愿去死，也不肯对你——我唯一的爱人，立刻说明白一切呢？为什么在众人面前，硬说那个人就是你呢？”

如普利希特听此大声骂道：“见鬼，那你就说那个人是我吧，如果你需要遮丑的话。”

“噢，你这个可恨的、忘恩负义的人，你怎么能说我要为自己遮丑呢？我只要说一句话就可以立即恢复我的名誉，同时将你永远毁灭。”夏娃勃然大怒，愤怒地说。

瓦鲁特听出了夏娃的弦外之音，说道：“不要着急。这样说来，打破罐子的人真的不是如普利希特了？”

夏娃坦言道：“大人，确实不是如普利希特打破的。我就是为了他，才没有说出真相的。”

马特太太急了：“夏娃，真的不是如普利希特吗？”

“不是他，妈妈。我昨天承认是他，那是我在撒谎。”夏娃坦然地对母亲说。

马特太太见女儿承认自己做了见不得人的事儿，气得大骂：“我非把你浑身的骨头都打碎不可。”她放下罐子的碎片，就要去打夏娃。瓦鲁特及时制止了她。亚当趁机插话道：“事情不一定非得是如普利希特干的。我想夏娃一定知道是谁干的，我打赌那个人是雷伯利希特。夏娃你说，是不是雷伯利希特？”

夏娃勃然大怒：“你这个卑鄙无耻的东西，你这个下流坯！你怎么能说是雷伯利希特呢？”

瓦鲁特说：“姑娘，你怎能如此放肆？难道你不知道要对法官保持尊敬吗？”

夏娃朝着亚当啐了一口：“他根本就不是法官，他是罪犯！他昨天让雷伯利希特拿着免除兵役的证明书到乌特利希特的委员会去了。雷伯利希特昨晚在乌特利希特，怎么可能会出现在我家？”

“那个家伙的大步要是迈起来，就连牧羊犬都追不上，他要是在十点钟赶不回来的话，我就是恶棍。”亚当好像抓着了一根救命稻草，拼命将事情的责任往雷伯利希特身上推。

瓦鲁特对夏娃说：“你还是讲一下事情的真实经过吧。”

亚当却抢先说：“请大人原谅，关于这件事情，这个姑娘说的不能让人信服！”

“为什么？”

“像她这样的年轻女子，就连远远看见一撮胡子都要害羞。昨晚既然忍受了那样的事情，又怎么可能在白天公布于众呢？所以，可以料想她说的是谎话。”亚当解释道。

“你好像很了解这个姑娘啊。”

亚当没听出这话的讥讽意味，继续说：“大人，我与她父亲交情一直不错。假如大人今天愿意照顾一下，那我们就没必要管这些职责之外的事了，我们就可以让她回家了。”

瓦鲁特摇摇头，说：“不，我还是很有兴趣知道谁是应该负责任的人的。”他对夏娃说：“大胆说吧，孩子，实话在任何时候都站得住脚的。”

夏娃拼命摇头，恳求道：“我亲爱的大人，请您别再让我说事情的经过了。我愿意在上帝面前发誓，如普利希特绝对没有打

破那个罐子。除了这些，我什么都不想再说了。昨天发生的所有事情都是我的私事，并且还涉及了其他人的隐私。这些我早晚会告诉我母亲的，但是现在，你们都不要逼我讲出来。”

瓦鲁特征询马特太太的意见。马特太太为了维护女儿和家庭的名誉，还一口咬定除了如普利希特外没有第三者闯入女儿的房间。她还说，如果有这种可能，她会毫不留情地把女儿给撵出去。另外，她还为法庭提供了另外一条线索：如普利希特刚刚被征了兵，过几天就要去乌特利希特了。所以她推断，昨晚如普利希特是去找夏娃私奔的，但在夏娃翻箱倒柜地找钱财的时候被自己发现了，于是如普利希特就打烂罐子进行报复。

瓦鲁特要求马特太太拿出证据。马特太太说，如普利希特的姑妈伯利吉特太太就曾在昨晚十点半的时候，看见如普利希特和夏娃两个人在花园里亲亲热热地聊天，好像他要说服她什么似的。

瓦鲁特派人去请伯利吉特太太出庭。此时，亚当则焦灼不安地坐在一旁。在等待伯利吉特太太的时间里，他吩咐女仆取来上好的酒、新鲜的黄油、正宗的乳酪、肥美的熏鹅来招待瓦鲁特。面对亚当的殷勤，瓦鲁特盛情难却之下只好接受了他的美酒和乳酪。于是，他们就在铺好白布的审判桌上边喝酒边聊天。

瓦鲁特看到亚当头上的伤，问他是怎么弄的。亚当说今早在火炉边跌倒了，不小心撞的。

“向前还是向后？怎么会有两个伤口呢？”瓦鲁特对亚当头上的伤似乎很感兴趣。

“前额头向前撞在了火炉角上，后来又跌到了地上，把后脑勺儿给磕破了。”

瓦鲁特哈哈大笑道：“你今天偏偏又把假发毁掉了，不然还可以遮一下伤口。那假发又是怎么回事？”

“昨晚我在火炉边阅读一宗案件，因为把眼镜放错了地方，在我低着头凑近文件仔细看的时候，不小心碰上了蜡烛，结果一眨眼的工夫，假发就被烧光了。”

“那你没有备用的吗？”

“哦，那个在城里的假发匠那里。”见瓦鲁特追问个没完没了，亚当只好建议干正经事。

瓦鲁特喝完杯中最后一滴酒，慢慢悠悠地说：“着什么急，亚当法官。”

亚当殷勤地又给瓦鲁特斟了一杯酒，说：“时间过得可真快，那再来一小杯。”

“事情要真是雷伯利希特干的，他也会跌得很惨的。”瓦鲁特意味深长地看了亚当一眼。很显然，他已经开始怀疑亚当了，因为他头上的伤明显不是摔伤，而是被钝器重击出来的。再加上他开庭以来种种让人匪夷所思的举动，很容易就让人觉得他有嫌疑。

亚当装作没看见什么，继续低着头喝酒，说：“那是肯定的。”

“假如这件案子一时解决不了，那我们还可以根据犯人所受的伤，在村子里将嫌疑人找出来，这应该不难办到。”瓦鲁特看到亚当的手明显地哆嗦了一下，了然一笑，主动转移话题说，“这是尼尔斯坦纳酒？”

亚当立刻笑脸相迎，称赞瓦鲁特博学多识。

突然，瓦鲁特问站在一边的马特太太，夏娃卧室的窗户离地面有多高？

马特太太说屋子在一楼，底下是个地窖，虽然从窗户到地面不超过九尺，但要从上面跳下来却并不容易，因为离墙两尺的地方有一株葡萄树。它弯弯曲曲的藤蔓沿着墙面爬满了一个架子，即使是长着獠牙的野猪，恐怕也要费很大的劲儿才能从中穿过去。

瓦鲁特又问如普利希特，他当时究竟是怎样打的那个人？打了几下？亚当着急地只好不断劝酒，企图干扰谈话，但无奈瓦鲁特并不理会他，亚当只好作罢。如普利希特说他用门把手打了那人两下，然后就被一把沙子迷住了眼睛，所以什么也没看清楚。

之后瓦鲁特转过头问亚当，除了如普利希特，谁还时常去马特太太家？

亚当擦了擦头上的汗，说自己并不常去，所以不知道谁还经常去她家。

瓦鲁特故作惊讶地说："怎么可以这样呢？难道你不应该多关照你好朋友的家人吗？"

"事实上我很少到她家去。"

瓦鲁特转而向马特太太求证。马特太太肯定了亚当的说法，说他至少十个星期没去过她家了。

瓦鲁特又问亚当："你不是说你有时让夏娃帮您料理家务吗？为了答谢人家，你也应该多去拜访她的母亲才对啊。"

马特太太不满地说："哼，夏娃还救活过亚当法官家的珍珠鸡呢，可他从来没有表示过感激。”

瓦鲁特微笑着举杯，对马特太太说：“祝您健康！……亚当法官迟早会去的。”

马特太太撇撇嘴说：“我可不信。要是我也有尼尔斯坦纳酒招待他，也许还有可能，可遗憾的是，我这个穷寡妇家里什么也没有。”

“是吗？”瓦鲁特慢慢转动酒杯，暗自思量着。

这时，利希特领着伯利吉特太太赶到了。瓦鲁特命令女仆撤下酒食，正式开庭。

瓦鲁特突然发现伯利吉特太太手里拎着一顶假发，他立刻明白了事情是怎么回事。他假意问这是怎么回事。

利希特回答：“如果大人愿意通过法官先生询问这位太太，那么假发的主人和事情的真相将很快大白于天下。”

瓦鲁特说：“我不想知道这假发是谁的，我只想知道它是在哪里被发现的。”

利希特说：“那位太太是在马特太太家紧靠夏娃卧室窗户底下的葡萄架上找到它的，当时它像一个鸟窝似的悬挂在葡萄树枝上。”

这一切证实了瓦鲁特之前的猜想，这个假发理所当然是亚当的，那个逃跑的人也正是亚当。他转过身，悄悄对亚当说：“法官先生，为了维护法庭的尊严，你可以把你要托付给我的事情告诉我。”

瓦鲁特是为了避免出现法官在法庭上成为罪犯的丑剧，给亚当一个台阶下。但没想到亚当竟然不领情，到现在还死鸭子嘴硬地不肯坦白。

瓦鲁特生气地质问："这假发难道不是你的？"

亚当理直气壮地对众人说："诸位先生，这假发确实是我的！可我在八天前就已经将它交给如普利希特那小子，让他送到乌特利希特的假发匠那儿帮我修理去了。"

如普利希特一下子慌了："您是交给我了，可是……"

亚当大声斥责："你这个无赖！你为什么不按我的吩咐把它交给作坊里的假发匠？"

如普利希特辩解道："真是岂有此理！我确实把它交给他了，他当时也收下了……"

"他收下了？那它为什么又出现在了马特太太家的葡萄架上？你这个流氓！我看这个案子没有这么简单，这里面还隐藏着很大的阴谋呢！"亚当装出一副大义凛然的样子说，"看来要好好审问这位伯利吉特太太。"

一直没说话的伯利吉特太太这下终于可以发言了："请原谅，诸位先生，我想事情并不一定像法官说得那样。昨晚我去农庄看望难产的表妹，路过马特家花园的时候，正好听见夏娃在低声又气又怕地责骂一个人，还一副不敢声张的样子。我听见她说：'呸，你真卑鄙，你要干什么？你再不滚，我就叫我妈了！'我就隔着篱笆问夏娃是不是有什么事，接着一切就安静了下来。我又问夏娃是不是和如普利希特在一起，只听夏娃说是的，之后我就忙着赶路了。我想，小两口吵架是在所难免的，就没再管。但半夜我从农庄回来，正走在马特家附近菩提树路上的时候，突然有一个秃着头、长着马蹄一样脚的家伙从我身旁跑了过去。当时还在他后面留下了一股臭气，把我吓了一跳。”

听说发生了这样离奇的事，旁听席上的人都露出一副惊讶的表情。

伯利吉特太太接着说：“今天当我听说了马特太太家发生的事情，联想到昨晚的奇遇，我就去她家窗户底下查看那人的脚印去了。结果，我发现了一对非常奇特的脚印，右边的那个是清晰、完整的人的脚印，左边那个却笨重、臃肿，看上去就像马蹄印儿。”法庭上一阵骚动，大家都以为魔鬼现身了。

“肃静，肃静！”瓦鲁特愤怒地说，“简直一派胡言！”亚当也说：“这怎么可能，伯利吉特太太？”

伯利吉特太太手捂胸口说：“我以我的良心起誓，事情千真万确！那对奇怪的脚印就是从葡萄架下出现的，然后人的脚印和马蹄印、人的脚印和马蹄印、人的脚印和马蹄印一直斜穿过花园，走到了外面。这时利希特先生过来找我，我还指给他看了。”

瓦鲁特问利希特：“是这样的吗？”

利希特说：“大人，事情确实是这样的。”

“那马蹄印儿也是真的？”

“那倒不是，那只不过是像马蹄印的人的脚印而已。”

亚当在一旁讽刺道：“看来这桩案件真的很奇特，我提议在我们做出审判决议前，先问问海牙的最高宗教会议，看法庭是不是有权假定魔鬼打破了罐子。”

利希特说：“大人，这并不需要最高宗教会议来鉴定。只要让伯利吉特说完她发现的东西，一切就都水落石出了。”

吉伯利特太太接着说：“我和利希特书记官一路跟踪着脚印

穿过花园，走过种满菩提树的路，经过村长家的稻田、鲤鱼池、小桥，穿过一大片坟地，一直就到了法院门前。”

亚当连忙说：“也许这个人是打算从这儿穿过去呢，我发誓一定是这样的。”

瓦鲁特想看看亚当的脚是否跟那对奇怪的脚印符合，于是就让亚当把鼻烟给他递过来。亚当知道瓦鲁特的意图，做贼心虚的他执意不肯亲自递过去，而是让利希特代劳。

瓦鲁特对现场所有的人说：“诸位，你们知道村子里有这么一个长着畸形脚的人吗？”

利希特冷笑一声说：“大人直接问亚当法官好了。”

亚当强作镇静地说：“我可不知道，我在此地任职十年，从来没有听说过这样的脚。”

马特太太却在下面起哄：“把你的脚伸出来给我们看看！你为什么把脚藏在桌子底下？你不知道这很容易让大家怀疑那些脚印就是你的吗？”

亚当无奈，只好把他那只臃肿难看的左脚伸出来给大家看，但他依然死鸭子嘴硬地说：“你们好好看看，难道这像马蹄吗？难道我是魔鬼吗？如果魔鬼有这样一只脚，那他都可以去舞会跳舞了。”

瓦鲁特一看亚当的脚，就明白了自己的猜测是绝对正确的。但是，他觉得自己有责任在所有人面前维护亚当的面子，于是就说：“我以我的名誉向上帝发誓，亚当法官这只脚是完整的。”然后，他悄悄对亚当说：“现在请您马上宣布退庭。”但亚当完全没明白瓦鲁特说的意思，还在那里坚持着不肯退庭，而是继续和大家争辩，企图证明这些事情就是魔鬼干的。

伯利吉特太太这时候举起手里的假发说：“我觉得，唯一让人怀疑的就是这个假发。魔鬼怎么会戴这样的东西？要知道，这顶假发比大主教戴的那顶还要高贵，涂的油还要多得多。”一边说，一边拿眼瞟亚当的秃头。

亚当还在继续胡搅蛮缠、死不认账：“关于魔鬼，我们了解得并不多，谁知道魔鬼是不是戴假发呢？我相信，魔鬼在人间游荡的时候，为了和显贵们和平相处，也一定是戴假发的。”

瓦鲁特实在忍不下去了，他指着亚当的鼻子大声说：“下贱东西！我原本就应该将你从法庭赶出去，让你在众人面前丢尽脸！但为了维护法庭的尊严才给你留了面子，现在你还不赶紧宣布退庭！”

亚当装出十分无辜的样子，说：“诸位先生，这件事虽然表面上好像跟我有很大的关系，但请你们一定要冷静下来想一想，因为这跟我的名誉关系极大。只要夏娃不说是我干的，你们就没权利把责任推给我。我现在就把这顶假发放在审判席上，不管是谁说假发是我的，我都将和他抗争到底，哪怕是到乌特利希特的高等法院去打官司也在所不惜。”

谁知利希特冷不丁抄起假发往亚当的秃头上一扣，大声喊道：“哈，这假发简直太适合您了，好像天生就长在你头顶一样！”

“简直是胡说八道，简直是污蔑！”亚当还在企图反驳，但一切已经晚了，事实就摆在众人面前，所有的一切都指向亚当，大家则纷纷对他怒目而视。

“这个不得好死的法官！”马特太太拍着大腿，大声咒骂道。

“你这个为非作歹的家伙！”如普利希特恨不得立即将亚当碎尸万段。

“肃静，肃静！”瓦鲁特严厉地制止了众人的喧哗，然后转头对亚当说，“现在你同意我立刻宣布退庭吗？”

如普利希特这时候鼓励夏娃说：“夏娃，你赶紧说啊，事情是他干的吗？”

亚当见状恶狠狠地说：“畜生，我一定要逮捕你！”

如普利希特则勇敢地回应道：“你等着吧，可恶的法官，今天我就要抓住你，再也不能让你对着我的眼睛撒沙子了。”

瓦鲁特见局势已经无法控制了，便提醒亚当赶紧宣判。亚当见状赶紧宣判把如普利希特用铁枷锁起来，然后投入监狱，至于监禁时间则另行规定。瓦鲁特接着宣布退庭，但如普利希特可以保留向乌特利希特高等法院提出上诉的权利。

夏娃见自己的心上人马上就要被投入监狱，情急之下便高声喊道：“确实是亚当法官打破了那个罐子！”话音刚落，法庭上就乱成了一锅粥，如普利希特敏捷地跳上审判席去打亚当。亚当吓得缩成一团赶紧逃窜，慌乱中他使了个金蝉脱壳的巧计，如普利希特最终只抓住了他的大衣。如普利希特气愤地把亚当的大衣扔在地上狠命地踩。

如普利希特的怒气平息后，他走到夏娃面前，诚恳地请求她原谅。夏娃则跪在瓦鲁特面前请求他的帮助，说要是他不肯伸出援手，那他们就全完了。瓦鲁特和如普利希特听后大吃一惊，不知道夏娃心里装着什么秘密。

原来，前几天亚当曾经将一个可怕的消息悄悄透露给了夏娃：这次征收的兵丁是将被派到东印度战场上去打仗的，三个人里面只可能存活一个。夏娃特别担心如普利希特的命运，亚当就趁此机会在昨夜摸到夏娃家里，把一张疾病证明书硬交给夏娃，并且信誓旦旦地保证，只要有这个证明书，就能帮助如普利希特免除兵役。但有一个条件，那就是夏娃必须答应他的非分要求，这才引出了后面的所有故事。

说完后，夏娃哭着央求瓦鲁特一定要把如普利希特从兵役里救出来，说着还掏出了所谓的政府秘密指令。瓦鲁特和利希特异口同声地说，这完全是亚当捏造出来的，他们从来没听说过这件事，而且这次征兵绝对都是在国内服兵役的。

真相大白后，夏娃彻底放心了。如普利希特轻轻捧起夏娃的脸，为她擦干泪痕，两个人亲热地拥抱在了一起。菲特老爹立刻大声地在法庭上宣布，让他们俩在圣诞节那天举行婚礼。

而窗外的亚当正在一路狂奔，挂在他身后的假发随着他的步伐在一下一下抽打着他的后背。瓦鲁特当即宣布将亚当停职处分，同时任命利希特接替亚当担当法官，负责管理辉兹姆的一切事务。

大家兴高采烈地走出法庭，只有马特太太还抱着她那已经破碎的宝贝罐子，认真向瓦鲁特询问乌特利希特的政府所在地。因为，她决定下星期去那儿为她的罐子讨个说法回来。

